곰스크로 가는 기차

곰스크로 가는 기차

Reise nach Gomsk

프리츠 오르트만 소설 | 최규석 그림
안병률 옮김

북인더갭
BOOKintheGAP

차례

곰스크로 가는 기차

내가 사는 이곳을 뭐라고 불러야 할까. 아내는 이곳을 '고향'이라고 부르지만 내 생각은 다르다. 이곳에서 나고 자란 우리 아이들 정도는 돼야 이곳을 고향이라 부를 자격이 있지 않을까.

아내와 나는 그저 우연히 여기에 정착했다고 보는 게 맞을 것이다. 사실 나는 아직도 여기를 될 수 있는 대로 빨리 떠나고 싶을 뿐이다. 여기 머무는 한 나는 내 의지와 상관없이 머물게 된 이곳을 뜨기 위해 전력을 다할 것이다. 하지만 그러기가 쉬운 노릇은 아니다. 게다가 내 노력을 가장 심하게, 그리고 가장 불쾌하게 방해하며 막는 사람은—마지못해 말하긴 하지만, 사실이 그러하니—바로 내 아내가 아닌가.

그렇다고 우리 결혼생활이 불행했다거나 부부간에 존경과 호의와 사랑이 없었다고 말하려는 것은 아니다. 결혼 첫주와 첫달의 달콤한 행복이 끝없이 이어지지는 않았지만, 그 대신 서로를 위한, 그리고 우리 두 아이들을 위한 존재라는 아주 깊고 견고한 소속감이 우리 내면에 자리를 잡았다. 그러나 무조건적으로 함께해야 한다는 이 소속감이야말로 모든 불화와 싸움의 원인이었는지도 모른다. 우리 둘에게 그것은, 비록 말로 꺼내지 않은 순간에라도 늘 염두에 둘 수밖에 없는 뿌리깊은 갈등의 원인이었으니까.

내가 아주 어렸을 때, 아버지는 나를 무릎에 앉혀놓고 곰스크에 대해 설명해주셨다. 곰스크, 그 멀고도 멋진 도시……. 언젠가 곰스크로 떠나리라는 것은, 내 성장기에 더 말할 것도 없이 자명한 사실이었다. 곰스크는 내 유일한 목표이자 운명이었다. 그곳에 가서야 비로소 내 삶은 새로 시작될 터였다. 그러나 당시에 곰스크에 걸었던 희망을 나는 거의 잊어버렸다. 곰스크로 가려 했던 이유조차도 이미 오래전에 희미해져 더이상 뚜렷하게 떠오르지 않았다. 그렇지만 곰스크를 향한 열망이 식은 것은 아니다. 다만 언젠가는 그 도시에 도착한다는 명백한 확신이 시들해진 것뿐이다.

하지만 내 자신과 내가 소유한 것들에 끊임없는 불안을 던져주는 탈출의 욕망을 뿌리뽑고 가족의 품에 머무는 고요하고 만족스러운 존재로 거듭나야 한다고 스스로 다짐할 때도 있다. 마치 곰스크란 말에서 평범한 지명 이상의 의미를 찾지 못하는 다른 이웃들처럼 말이다.

나는 오늘도 내 안의 이런 생각들과 싸운다. 하지만 내게는 그런 싸움을 할 권리가 없는지도 모른다. 자기가 선택한 바로 그 궤도를 달리는 게 인생이라는 주장은 어쩌면 인간에겐 허용되지 않는 교만에서 나온 것인지도 모르는 일이기에.

우리가 결혼식 직후 곰스크로 가는 여행에 나섰을 때만 해도, 겉으로는 아내가 나와 똑같은 생각을 하는 것처럼 보였다. 그러나 이 여행이 나에게 무슨 의미가 있는지 그녀는 잘 몰랐음에 분명하다.

엄청나게 비싼 차표를 사느라 우리는 돈을 거의 다 써버렸다. 곰스크로 가는 특급열차는 1등석밖에 없었던 것이다. 커다란 창문 밖으로는 사람 하나 없는 끝없이 박음질된 황량한 풍경이 긴 물결처럼 미끄러져 지나갔고, 먼곳의 회록색 구릉은 지평선에서 흔들리며 움직였다. 기차는 차축 위에서 부드럽게 덜컹거렸다. 땅의 기복을 따라 질주할 때마다 인생의 목표가 다가온다는 어떤 예감에 사로잡혀 나는 전율과도 같은 쾌감을 느꼈다.

그러나 아내는 달랐다. 기차의 움직임이 마음에 들지 않는지 지나가는 단조로운 풍경에서 어떤 의지할 곳도 찾지 못한 채 맞은 편 쿠션의자에 기대앉아 있었다.

"우린 모든 것에서 멀어져가는군요." 그녀가 창백한 얼굴로 말했다.

"우리는 점점 익숙한 곳에서 멀어지고 있어요. 이 여행은 끝이 없을지도 모르죠. 언젠가 들은 남의 얘기 말고 곰스크라는 도시에 대해서 들은 말이 또 있나요? 그곳은 당신이 어린 시절 아버지한테 들은 그 곰스크와 다른 도시일지도 모르잖아요."

손을 내밀자 그녀는 내 손을 꼭 움켜쥐었다. 말없이 서로 움켜쥔 손에서 어떤 감동이 일었지만 불안감도 함께 느껴졌다. 이따금 그녀의 입술이 떨렸다. 그렇게 부드럽고 붉던 입술에 경련이 이는 것을 보자니 갑자기 슬픔이 밀려왔다.

승무원이 말없이 웃으며 차려주는 식사를 그녀는 건드리지도 않았다. 마치 유리에 담겨 허공에 쏘아올려진 탄환 같다며 자신의 처지를 한탄할 뿐이었다. 그래서 여행 둘째날, 다음 역에서 두 시간을 정차한다고 승무원이 말해주었을 때 나는 차라리 안심이 되었다.

플랫폼에 발을 내딛자마자 아내의 얼굴엔 생생한 홍조가 떠올랐다. 그녀의 눈은 맑아졌으며 걸음은 용수철처럼 튀어올랐다. 우리는 다른 승객들과 함께 광장 건너편의 눈에 잘 안 띄는 건물로 향했다. 거기에는 '역전호텔'이라는 빛바랜 푯말이 걸려 있었다. 우리는 간이식당으로 들어섰다. 그곳은 이 건물에서 사용되는 유일한 공간인 것 같았다. 1층의 방들은 커튼도 없고 군데군데 유리가 깨진 것으로 보아 사람이 묵고 있지 않은 듯했다. 우리가 나중에 듣기로는, 이곳은 원래 정기적으로 기차가 정차하는 역이었는데 임시로 정차하는 역으로 바뀐 이후에는 아무도 이 호텔에 머물지 않는다고 했다. 또한 이렇듯 특급열차가 임시정차할 때 간이식당에서 식사며 음료를 사먹는 승객들이 바로 이 호텔 여주인—헝클어진 검은 머리의 오십줄에 접어든 과부—의 주된 수입원이며, 기차가 떠나버리면 이곳마저 문을 닫는다는 것이었다.

음식은 마지막 남은 돈을 털어도 아깝지 않을 정도로 맛있었다. 아내는 왕성한 식욕을 보였는데, 그도 그럴 것이 그녀는 기차에서 거의 하루 반나절이나 식사를 하지 못했던 것이다. 음식값을 치르고 아내에게 읍내를 구경하자고 말했다. 마치 기다렸다는 듯 아내는 들떠서 따라나섰다.

마을은 초원 한가운데, 길고 부드러운 산으로 둘러싸인 분지에 자리잡고 있었다. 그곳에는 묘지가 딸린 목조교회, 학교, 한 쌍으로 옹기종기 모인 집과 농장이 있었다. 철도는 그곳을 바깥 세계와 연결해주는 유일한 수단이었다. 바람이 끊임없이 지붕 위로 불어오고 있었다. 멀리 농장 건너편 초원에서는 풀밭이 마치 바다처럼 물결치며 넘실댔다.

우리가 팔짱을 끼고 마을길을 걸어가는 동안 아내는 내 어깨에 머리를 기댔다. 목조교회 근처에서 우리는 묘지를 둘러싼 흙담에 올라갔다. 저녁 무렵이었다. 붉게 물들기 시작한 태양은 가장 가까운 산등성이에 떨어질 듯 걸려 있었다.

"이리 와봐요." 아내가 말했다.

"저 산 너머에 무엇이 있는지 한번 보고 싶어요!"

"첩첩산중이군!" 내가 말했다.

"이 초원은 워낙 넓어서 사방 백킬로미터도 보이겠어."

홍조 띤 뺨에 반쯤 입술을 벌리고 서 있는 그녀의 모습이 너무도 아름다워서 가슴이 떨렸다.

"기차를 놓치면 안되는데……." 나는 말했다.

그러나 그녀는 앞서 달려갔다. 우리는 숨을 몰아쉬며 산등성이에 도착했다. 지평선에서 태양은 거대한 불길 속으로 사라지고, 그 붉은색에 아내의 얼굴까지 달아올랐다. 그녀는 숨을 깊게 들이마시며 풀밭에 엎드리더니 곧 다시 일어나 앉아 나를 가까이 끌어당겼다. 그녀의 눈에서는 열병 같은 불꽃이 일었다.

"참 아름답죠!" 그녀가 말했다. 그러나 나는 다른 어떤 것보

다도 그녀가 아름답다고 생각했다.

얼마나 오래 그렇게 앉아 있었는지……. 바람은 살랑대며 풀밭 사이에서 바스락거렸고, 가늘고 검붉은 줄무늬가 지평선에서 타오르고 있었다.

그때 갑자기 우리 뒤로 높아졌다가 희미해지는 슬픈 기적소리가 들렸다.

"기차!" 나는 깜짝 놀라 일어나려고 했다. 그러나 아내는 팔로 나를 감쌌고, 나에게 매달리는 그녀에게서 다시금 마음을 뒤흔드는 혼란을 느꼈다.

"그냥 두세요." 그녀는 속삭였다.

"이미 늦었어요."

나는 이미 그때 아내가 나를 이곳에 묶어두려고 결심하지 않았나 생각하곤 한다. 하지만 내가 그녀를 오해했는지도 모른다. 그녀는 차라리 모든 것을 잊게 하는 순간의 마법에 걸렸을 뿐이며 그 마법이 나까지 그녀의 소용돌이치는 감정 속으로 빠져들게 한 것인지도 모르겠다. 마을로 돌아오자 황혼이 밀려들었다. 기차는 오래전에 떠나버렸고, 나는 당연히 아무말도 하고 싶지 않았다. 하지만 아내는 행복한 마음으로 들떠 있었고, 나 역시 거기에 곧 전염되었다. 역전호텔은 닫혀 있었다. 우리는 건물 주변을 돌아 불빛이 새어나오는 창문을 두드렸다. 조금 있자니 검은 머리에 퍼머핀을 잔뜩 꽂은 주인이 뒷문에서 나타나 우리를 바라보았다.

"지금 숙박은 좀 곤란한데⋯⋯. 왜 기차를 타지 않았죠?"

나는 출발 시간을 놓쳤다고 말했고 주인 여자는 속절없이 고개를 저었다. 나는 2층 빈 방에 침대 하나를 마련해줄 수 없겠느냐고 물었다. 불편해도 상관없으며 천장으로 몸만 가리면 된다고도 말했다.

"그건 가능할 거요." 여자가 말하더니 도대체 어디로 가던 중이었냐고 갑자기 물었다.

"곰스크로요." 내가 대답했다.

"아, 곰스크⋯⋯." 여자는 아무말 없이 못 믿겠다는 투로 눈을 치켜뜨면서 나를 쳐다보았다.

"곰스크에선 뭘 하려고?⋯⋯."

"그냥 일단 곰스크로 가는 게 목표입니다." 나는 애써 부드럽게 말을 이었다.

"침대 옮기는 거 좀 도와드릴까요?"

화제를 돌리자 여자는 내가 곰스크에서 무엇을 하려는지 더 이상 캐묻지 않았다. 사실 내가 그 이유를 일일이 해명할 필요도 없지 않은가.

"아니, 그건 그냥 둬요. 내가 할 테니까." 여자는 기분이 상한 듯했다. 여자가 이리저리 움직이면서 중얼거리는 소리가 들렸다.

"물어보는 게 뭐……."

우리가 하룻밤을 묵게 된 그곳은 가구 하나 없는 휑한 방이었다. 커튼도 없는데다가 유리창은 맨 윗부분이 깨져 있었고 그 깨진 틈으로는 달빛이 스며들어왔다. 나무 바닥에는 먼지가 수북했고 작은 유리조각이 널려 있었다. 그 유리조각 위로 달빛이 반짝였다. 주인은 왼쪽 빈 벽에 침대를 놓았다. 겉보기엔 깨끗했으나 어딘가 퀴퀴한 냄새가 나는 아마포로 덮인 침대였다.

무척 고단했기 때문에 우리는 곧장 잠자리에 들었다. 이미 깊은 잠에 빠진 그녀는 몸을 뒤척이지도 않았다. 나는 그녀를 깨우지 않으려고 조용히 곁에 누워 오랫동안 그녀의 고요한 숨소리에 귀를 기울였다.

낯선 말발굽소리에 새벽 일찍 잠에서 깼다. 말을 탄 목동 둘이 지나가는 소리였다. 그들은 소를 몰면서 호텔 앞 광장을 지나 마을 왼쪽으로 사라졌다. 아내는 여전히 잠에 빠져 있었고 나는 씻기 위해 조용히 잠자리에서 빠져나와 집 뒤편 우물로 갔다. 마을에는 아무 인기척도 없었다. 바람 한점 없이 하늘은 맑고 푸르렀다. 초원 위로 새가 지저귀는 은빛 둥지가 보였다. 종달새의 둥지였다. 이슬에 무릎을 적시며 초원을 걸어보았다. 천천히 해가 솟아올랐고 부드러운 바람이 불어왔으며 속삭이듯 바스락거리는 바람소리가 풀밭 사이로 스며들면서 점점 커지자 종달새의 노랫소리는 어렴풋이 사그라들었다. 마을을 지나 돌아가던 중 옆구리에 책을 낀 아이들을 만났다. 농장의 말에는 마구가 얹혀 있었고 마을 한가운데 우물가에는 한 여인이 큰 함석단지를 씻고 있었다. 여인은 하던 일을 멈추고 호기심에 차서 나를 바라보았다. 인사를 건넸지만 여자는 아무 대꾸도 하지 않았다.

호텔에 돌아오자 제멋대로 자란 검은 머리에 여전히 퍼머핀을 주렁주렁 매단 여주인이 나를 맞았다. 그녀는 간이식당에 아침을 준비해놓으면 되겠느냐고 물었다.

"그럴 필요 없습니다." 내가 말했다.

"그럼 아무것도 안 들어요?"

"고맙습니다만 우린 괜찮습니다."

나는 급히 계단을 올라갔다. 아내는 빗자루를 들고 먼지와 유리조각을 쓸어내고 있었다. 깨진 유리창은 이미 마분지로 깨끗이 정돈돼 있었다. 마분지를 여주인에게서 얻어온 것이 분명했다.

"큰 것들만 좀 치우려고요." 그녀는 변명하듯 말했다.

"잠을 설쳤나봐요?"

나는 잠시 말없이 그녀를 바라보기만 했다.

"그런 걸 해봐야 소용없을 거야." 마침내 내가 입을 열었다.

"오늘 우리는 여행을 계속해야 할 테니까……." 얼굴에 머리칼을 드리운 채 그녀는 아무 대답도 하지 않았다. 그녀의 뺨과 이마가 붉어졌다.

나는 호텔 앞으로 나왔다. 기차가 오려면 시간이 많이 남았는데 벌써부터 배가 고팠다. 나는 광장 너머 텅빈 선로를 물끄러미 바라보았다.

내 뒤에서 문이 열리는 소리가 들렸다. 신발을 끌며 누군가 다가왔다. 퍼머핀을 뺀 여주인이 내 곁에 서더니 같은 방향을 바라보았다. 조금 시간이 흐른 후에야 주인이 나를 보고 있음을 알아차렸다.

"책상을 좀 닦아야 하는데."

"그래서요?" 나는 되도록 무관심한 체하려고 애를 썼다.

"책상 옮기는 것을 좀 도와줬으면 해서요. 여긴 종업원도 없고……."

"그렇게 하죠." 나는 잠시 침묵했다가 말했다.

"기차가 언제 올지 누가 알겠습니까."

"맞아요, 그걸 누가 알겠어요." 그녀의 목소리는 마치 무슨 일을 꾸미기라도 하듯 음흉하게 들렸다.

나는 그녀를 도와 무거운 떡갈나무 책상을 간이식당에서 꺼내 마당으로 옮겼다. 그녀는 부엌으로 사라지더니 양동이 한가득 비눗물과 솔을 가지고 다시 나타났다.

"준비가 다 됐으면……." 그녀가 말했다.

"물을 다 쓰는 대로, 깨끗한 물을 가져올게요."

내가 책상을 치우는 게 당연하다는 듯 말하는 그녀의 태도에 은근히 화가 났지만 윗도리를 벗고 솔을 집었다. 주인은 때맞춰 깨끗한 물을 떠다주었다.

그사이 해는 높이 떠올랐고 이마에 땀이 맺혔다. 주인이 푸른 앞치마를 가져오자 나는 말없이 그것을 걸쳤다. 정오가 될 무렵 주인은 나를 손짓해 불렀다.

"일을 했으니 뭘 먹어야죠." 그녀가 말했다.

아내는 이미 상이 차려진 식탁에 앉아 있었다. 그녀의 입가에 환한 미소가 떠올랐다.

"우리가 잘못 찾아온 것 같지는 않아요."

"그렇게 생각해?"

"주인은 당신이 도와줘서 정말 기쁘다고 했어요. 여자 혼자서는 이렇게 큰 건물을 관리할 수 없다면서요."

"기분이 그저그렇군." 내가 말했다.

"그런 일은 우리가 상관할 바 아니야. 난 기차나 빨리 왔으면 좋겠어."

식사후 나는 다시 해가 내리쬐는 밖으로 나가서 일을 계속했다. 오후 4시쯤에 매우 빠른 속도로 특급열차 한대가 지나갔다. 그 기차는 동쪽으로 사라졌는데 아마도 곰스크에서 오는 기차 같았다. 증기열차의 날카롭고 처량한 기적소리는 끊임없이 슬프게 울려 내 귀에 오랫동안 머물렀다. 주인도 기차를 보기 위해 문 앞에 나왔다.

"우리 기차는 언제 올까요?" 내가 물었다.

"곰스크로 가는 기차요? 아마 한 시간 후쯤." 나는 안도의 한숨을 내뱉었다.

"오, 하나님 감사합니다."

그러자 그녀가 말을 이었다.

"오늘, 아니면 내일 혹은 모레, 또는 다음주에 올지도 모르죠."

"그럼, 규칙적으로 정차하는 게 아니라는 말인가요?" 나는 깜짝 놀라서 물었다.

"반대편 기차가 그냥 지나치는 걸 봤잖아요. 남편이 죽은 이후로는 모든 게 예전 같지 않으니……"

5시 직전에 나는 여행가방을 챙겨들었다.

"여행가방은 뭐하려고요?" 아내가 물었다.

"기차가 그냥 지나칠지도 모르잖아요."

나는 대답하지 않고 묵묵히 여행가방을 옮겨 승강장에 내려놓았다.

"그렇게 조급해하지 말아요." 아내는 날카로워진 목소리로 말했다.

"여기 좀 있다 가요, 아직 기차가 오지도 않았잖아요."

"곧 올 거야." 이 얼마나 어이없는 대화란 말인가! 5시가 되자 그녀는 말했다.

"아마 기차는 오래전에 지나갔을 거예요. 단지 우리가 못 본 것일 뿐이라고요."

"그렇지 않아."

"하지만 그럴 수도 있잖아요."

"절대 그럴 수 없어!" 나는 화를 내며 말했다.

마침내 기차가 왔다. 무시무시한 속력으로 거대한 기관차가 레일 위를 달려오더니 첫번째 객차가 우르릉 소리를 내며 우리를 지나쳐갔다. 유리창이 흔들렸고 나는 한순간 마치 다른 세계에 속한 듯 낯설고 무료한 얼굴을 본 것만 같았다. 우리는 텅 빈 승강장에 서서 점점 작아지는 점을 바라보았다.

"그것 봐요." 아내가 말했다.

"당신 때문에 조롱거리가 됐다고요."

나는 그 말에 대꾸하지 않고 여행가방을 다시 호텔로 옮겼다. 가방을 침대에 던지고 그 곁에 앉아서 턱을 두 손으로 괴었다. 아내는 말없이 가방을 머리맡으로 밀어놓았다. 그러고는 창가로 가서 밖을 내다보았다. 그녀의 뒷모습이 너무도 완고해 보여서 나는 그 방에 오래 머물 수가 없었다.

복도에서 주인을 만났다.

"할말이 좀 있는데……."

그녀는 고개를 한쪽으로 기울이더니 다 알고 있다는 듯이 나를 바라보았다.

"당장 돈이 없다면 일을 도와주는 대가로 숙식을 제공하죠. 지난해에 하지 못한 일들이 너무 많아서……."

"한번 생각해보겠습니다." 나는 짧게 대답했다.

다음날 아침 아내는 나보다 먼저 일어났다. 내가 부엌으로 들어섰을 때, 마침 그녀는 주인에게 빌린 앞치마를 벗고 손의 물기를 닦고 있었다. 주인은 우리와 함께 아침식사를 했고 두 여자는 마치 오랜 친구라도 되는 듯 이야기를 나눴다. 나는 오전 내내 먼지가 앉은 어두컴컴한 창고에서 잡동사니를 치웠고 정오경에는 뒤숭숭한 기분으로 방으로 갔다. 커다란 옷장이 우리 방문을 막고 있는 것이 보였다.

"빨리 이리 좀 와봐요!" 그녀가 옷장 뒤에서 숨을 헐떡이며 말했다. 혼자서 옷장을 문지방 위로 들이보려고 했던 것이다.

"좀 도와줘요."

"옷장은 뭐에 쓰려고?"

"제발 좀 거들어줘요."

어쩔 수 없이 나는 옷장 드는 것을 도와주었다.

"여기 이 안쪽으로요." 아내는 숨을 몰아쉬며 말했다.

"아니 저쪽! 벽쪽으로요. 그래요, 조금만 더!"

그녀는 일어서서 이마로 쏠린 머리칼을 넘기더니 뒤로 조금 물러섰다.

"이제 좀 사람 사는 곳 같군요."

"옷장이 왜 필요한데?" 내가 물었다.

"당연히 우리 짐을 넣어두려고요." 그녀는 내 질문을 못 알아 듣는 척했다.

"우리가 영원히 여기 머물기라도 한다는 말인가?" 내가 다시 물었다.

"짐을 여행가방에 넣어두면 좋지 않잖아요." 아내가 말했다.

"당신이 왜 그러는지 모르겠어요. 옷장 하나 들어달라는 게 그렇게 큰일이라는 말인가요?"

그녀는 가방을 열더니 짐을 침대 위에 부려놓았다.

"오늘 오후 당장이라도 기차가 오면 어쩌려고 그래?"

아내는 마치 내가 모자란 아이라도 되는 듯 바라보았다.

"그러면 짐을 다시 싸면 되잖아요!"

"맙소사, 그게 쉬운 일인지 알아!"

내가 틀렸는지도 모른다. 우리가 며칠을 더 있어야만 할 수도 있었으니까. 저녁 늦게 나는 방으로 돌아갔다. 나는 말없이 옷을 벗고 내 옷가지들을 여행가방에 넣었다.

"제발 옷장에다 걸어요." 이미 침대에 누운 아내가 말했다.

마지못해 옷을 건 뒤에 침대로 올라갔다. 반대쪽으로 몸을 튼 채, 서로 등을 돌리고 우리는 잠이 들었다.

다음날 곰스크에서 온 특급열차가 한 시간 동안 정차했다. 한 무리의 승객이 간이식당을 가득 메웠다. 아내가 부엌일을 돕는 동안 나는 주인이 준 흰 연미복을 입고 손님을 접대했다. 손님들이 떠날 무렵 주머니에서 동전이 짤랑댔다. 나는 주인에게 연미복을 돌려주었다.

"그냥 가지고 있는 게 어때요?" 그녀가 말했다.

"어차피 또 필요할 테니." 하지만 나는 고개를 저었다.

"정 그렇다면……."

"아직도 화가 난 거예요?" 저녁에 방에 들어서자 아내가 물었다.

"왜 화가 나?"

"당신도 봤잖아요." 그녀가 말했다.

"우리 기차는 정차하지 않았어요. 옷장을 구한 건 잘한 일이라고요."

바람 한점 없는 무더운 여름밤이었다. 아내와 나는 초원으로 나와 산허리께 풀밭에 앉았다. 하늘은 끝없이 펼쳐졌고, 천천히 별이 뚜렷해졌다. 풀밭에서 살랑이는 소리가 났다. 어느 누구도 다른 사람이 될 수 없듯이, 아내와 나도 완전히 각자 혼자인 밤이었다.

3일 후 2층의 빈 방 벽에 막 석회를 바르려던 참이었다. 그때 5시 급행열차가 동쪽에서 울부짖으며 달려와 끽 소리를 내며 멈추는 소리가 들렸다. 나는 방으로 뛰쳐들어갔다.

"서둘러 짐을 싸! 기차로 가야만 해." 나는 소리질렀다.

"좀 씻지도 않고 가려고요?" 아내가 물었다.

나는 마당 펌프로 뛰어가서 얼굴에 묻은 얼룩을 닦아냈다. 그러고는 다시 한번 방안을 쳐다보았다. 아내는 거울 앞에 앉아 빗질을 하고 있었다.

"서둘러!" 나는 또 소리를 질렀다.

"기차가 얼마나 정차할지 모르잖아!"

창 너머로 빈자리가 보일 때까지 객차를 따라 뛰었다. 그러나 막 올라타려고 할 때, 차장이 앞을 가로막았다.

"뭐하시는 겁니까?"

"곰스크로 가는 기차 맞죠?" 나는 흥분해서 말했다.

"그렇습니다. 그런데 왜 그러시죠?"

"당연히 곰스크로 가려고요." 나는 그의 옆을 빠져나가려고 했다.

"차표를 좀 보여주시겠습니까?"

"여기요."

그는 차표를 한참 동안 유심히 살피더니 고개를 저었다.

"이 차표는 무효입니다." 그가 말했다.

"무효라고요?" 나는 그를 바라보았다.

"그건 유효기간이 지나면 탈 수 없는 차표입니다."

"하지만 그사이에 여기 정차한 기차가 하나도 없었어요!"

"유감이군요. 그러나 저는 규정을 따를 뿐입니다."

"이 촌구석에서 영원히 머물 수는 없어요! 방법이 없을까요?"

"새 차표를 끊으면 됩니다." 차장은 그렇게 말했다.

나는 어찌할 바를 몰라 다시 호텔로 돌아왔다. 부엌에 주인이 있었다.

"이제서야 나타나다니!" 그녀가 말했다.

"서둘러 간이식당으로 가봐요!" 그녀는 흰 연미복을 내게 던지더니 일을 계속 했다.

나는 옷을 손에 들고 말없이 서 있었다.

"왜 그래요?" 그녀는 화난 목소리로 물었다.

"죄송하지만," 나는 말했다.

"저는 기차를 타고 곰스크로 가야 해요. 그런데 내 기차표가 무효가 되었대요. 새 차표를 살 돈을 좀 빌려주시면 안될까요? 곰스크에서 돈을 버는 대로 곧 부쳐드릴게요."

그녀는 일을 멈추고 허리에 손을 올렸다.

"누가 당신의 보증인이 되죠?"

"이미 절 믿지 않습니까." 나는 더듬거리며 말했다.

그녀는 천천히 고개를 저었다.

"남편이 살아 있을 때, 한 여행객에게 돈을 빌려준 적이 있었어요. 하지만 그 사람한테 아무런 소식도 듣지 못했지요. 이후로 우리는 단 한푼도 빌려주지 않았죠. 그러니 연미복을 입고 뭐라도 해요. 당신 부인은 도대체 뭘 하는 거죠? 부엌일을 도와줘야 하는데……."

나는 방으로 가는 계단을 천천히 올랐다. 아내는 창문에 기대 있다가 내가 들어서자 궁금해하는 눈빛으로 바라보았다. 가방은 싸지도 않은 채 말이다.

"그동안 도대체 뭘 하고 있었던 거야?" 나는 화를 내며 물었다.

그녀는 말없이 옷장에서 짐을 꺼내기 시작했다.

"그사이에 기차가 떠나면 어떡하려고!" 내가 말했다.

"아직 저기 있잖아요." 그녀는 짜증이 날 정도로 태연하게 말하고는 여유만만하게 다시 짐을 싸기 시작했다.

"실없는 짓 그만해!" 나는 분노에 찬 목소리로 소리질렀다.

"내려가서 주인이나 도와주라고!"

저녁에 보니 여행가방은 이제 침대 머리맡에 있지 않았다.

"가방을 다락방에 갖다두었어요. 이젠 필요도 없잖아요." 아내가 말했다.

창문 문틀에는 들풀을 담은 유리병이 놓여 있었다.

"예쁘지 않아요?" 그녀가 물었다.

"방이 환해지는 것 같아요. 그렇죠?"

"당신은," 내가 말했다.

"이제 확실히 여기 눌러살려는 모양이군. 내가 차표 값을 번다면 어떡할 거야?"

"당신은 돈을 벌 수 있을 거예요." 그녀는 주저없이 말했다.

"오늘만 해도 벌써 팁을 꽤 받았잖아요."

"돈을 충분히 모으려면 일년은 걸릴 거야!" 내가 말하자 그녀는 어깨를 으쓱했다.

"다락방에 꽤 쓸 만한 책상이 하나 있어요." 그녀는 말을 이었다.

"그걸 우리 방에 놓을까봐요. 어디에 두는 게 좋을까요? 여기 창가, 아니면 옷장 옆에?"

나는 발을 쿵쿵 구르며 소리쳤다.

"당신이 그 빌어먹을 책상을 어디에 두든지 나는 관심없어. 당신도 알다시피 아무 관심도 없다고!"

"왜 그렇게 소리를 지르는지 모르겠어요." 상처를 받은 듯 그녀는 말했다.

"차표가 무효된 걸 나 보고 어떡하란 말이에요."

"하지만 당신은 그걸 잘된 일로 받아들이고 있잖아." 나는 소리를 높였다.

"당신은 곰스크로 가고 싶지 않지?"

"나도 당연히 곰스크로 가고 싶어요. 하지만 흥분한다고 무슨 소용이 있어요? 어차피 우리는 당분간 여기 머물러야 해요. 그리고 그동안 우리 방을 편리하게 정돈하는 건 나쁜 일이 아니에요. 내가 구경이나 하면서 눈물이나 찔끔거리면 좋겠어요?"

"그래, 차라리 그러면 좋겠어!" 나는 터질 듯한 목소리로 대꾸했다.

그녀는 웃었다.

"당신은 아무것도 모르는 어린아이 같아요."

다음날 아침 주인과 협상을 했다.

"집안일과 마당일을 계속 도와준다면 숙식비는 받지 않겠어요. 물론 임금을 줄 수는 없어요. 팁을 모아보도록 해요. 때가 되면 충분히 모아질 테니."

극도로 고통스럽고 무료한 일상이 시작되었다. 기차는 일주일에 두세 번 정차했다. 나는 손님들을 접대했고 그때마다 받은 돈을 단 한푼도 쓰지 않고 모았다. 이따금 나는 동전을 하나 하나 세어보았다. 돈이 점점 불어나기는 했지만 차표를 사려면 시간이 많이 걸릴 것 같았다.

아내와 주인은 거의 하루종일 붙어 있었다. 아내는 마을사람들과도 안면을 터갔다. 마을 이장님 부인까지 그녀와 수다를 떨기 위해 찾아왔다. 하지만 사람들과 만나고 싶지 않던 나는 손님이 오면 자리를 피했다. 사람들이 모두 귀가한 밤이 돼서야 나는 밖으로 나와 몇시간이고 늦은 밤까지 초원을 돌아다녔다. 그 멀리 떨어진 곳에서 느끼는 고독이란. 탁 트인 곳에 혼자 있으면서 바스락거리는 풀소리를 들으면 마음이 아주 편안했다.

바로 그런 고독만이 내 마음을 대변해주는 듯했다. 하지만 목적 없이 들판을 이리저리 쏘다니다가 우연히 철길을 마주칠 때면, 내 심장은 미친 듯이 고동쳤다. 초원을 가로지르는 칼날처럼 매끈한 이 철길이야말로 내가 꿈꾸었고 내 원래의 존재가 시작된 그 도시, 곰스크와 연결된 유일한 끈이었던 것이다.

아내 역시 우리가 언젠가는 곰스크로 가게 될 것임을 인정했다. 하지만 그곳이 너무나 멀리 떨어져 있었기 때문에 그녀에게는 어떤 느낌이나 희망, 걱정으로 다가오지 않는 것 같았다. 마치 젊은 사람이 죽음에 관해 생각하는 것처럼. 이따금 우리는 저녁에 함께 산책을 나와 나란히 앉아 말없이 일몰을 바라보았다. 집에 있는 날이면 아내는 바느질을 했고, 나는 책을 읽거나 멍하니 미래를 그려보았다.

주인은 우리에게 방을 하나 더 내주어 하나는 침실로, 다른 하나는 거실로 사용했다. 침실에는 옷장 외에도 침대가 하나 더 있었고 거실에는 책상 하나와 의자가 둘 있었다. 벽에는 서랍장도 하나 놓여 있었다.

한번은 아내가 하루종일 집을 비웠다. 그녀가 뭘 했는지 말하지 않기에 나도 물어보지 않았다. 어느날 그녀가 물었다.

"안락의자가 하나 있으면 어떨까요?"

"안락의자라고? 그건 뭐하려고?"

"우리 거실에 안락의자를 하나 놔야겠다고 생각했어요. 틀림없이 아늑한 기분이 들 거예요. 저녁에 예쁘고 푹신푹신한 안락의자에 앉아 있다고 한번 생각해봐요."

"내가 왜 저녁에 안락의자에 앉아야 하는데? 의자면 충분해, 피곤하면 침대로 가면 되고."

"우리 방에는 분위기가 없어요." 아내가 말했다.

"안락의자가 있으면 훨씬 분위기가 날 거예요."

나는 대화를 다른 쪽으로 돌렸다. 그러나 아내는 그 다음날에도 계속 그 주제로 돌아왔다. 안락의자를 가져야겠다는 생각은 기묘하게 그녀를 사로잡았다. 그녀는 정말 안락의자에 열광했다.

"나는 안락의자에 앉지도 않을게요." 그녀가 말했다.

"하지만 당신은 저녁까지 하루종일 일을 하니 꽤 피곤하잖아요. 당신이 애쓰는 모습을 볼 때마다 마음이 찢어지는 거 같아요. 낮 동안 고단하게 힘든 일을 하고 와서 기댈 수 있는 편안하고 푹신푹신한 안락의자는 당신 차지가 될 거예요!"

'그래, 좋다.' 나는 생각했다. '안락의자를 꿈꾸는 게 그렇게 좋다면 내버려두자. 어차피 실현될 꿈도 아닐 텐데.' 그런데 어느날 정말 안락의자가 거실에 들어오자 내 놀라움은 더 클 수밖에 없었다.

그날 아내는 온갖 핑계를 대가며 내가 방에 들어가지 못하게 했다. 저녁 산책에서 돌아왔을 때 안락의자는 이미 한자리를 차지하고 있었다. 창문 앞에 있는 안락의자에 앉으면 철로를 배경으로 펼쳐진 광장을 한눈에 내다볼 수 있었다. 그 옆에 서서 아내는 행복한 미소를 지었다. 나는 당황한 채 안락의자를 바라보다 입을 다물었다. 그건 전혀 아름다운 안락의자가 아니었고, 좀 구식인데다 낡은 중고 의자일 뿐이었다. 갈색 벨벳 소재의 등받이 시트는 이미 닳아 있었다.

"내가 종종 하루종일 마을에 갔던 거 모르죠?" 아내가 말했다.

"요즘 이장님 댁 일을 했거든요. 이장님 부인이 편찮으셔서요. 그 대가로 이 안락의자를 받은 거예요."

나는 안락의자를 한번 쳐다보고 침묵했다. 그녀가 마침내 입을 열었고 그 목소리에는 실망한 기색이 역력했다.

"한번 앉아보지 않을래요?"

그녀의 눈빛은 친절한 대답을 갈구하고 있었다. 그러나 나는 단단히 화가 나서 아무말도 할 수 없었다.

"그러니까," 마침내 나는 입을 떼면서 다른 의자에 앉았다.

"그것 때문에 일주일 동안 일을 해준 거로군." 그녀는 당혹해하면서 나를 보았다.

"당신 나한테 화난 건가요?"

"나는 단 한푼도 쓰지 않고 저축했어." 나는 쏘아붙이듯이 말했다.

"곰스크로 가는 차표를 사려고 말이야. 그런데 당신은 뭘 한거지? 돈을 받는 대신 저런 안락의자를 가져오다니! 나에게 안락의자 따윈 필요없어! 당신한테 여러번 얘기했잖아! 나는 곰스크로 갈 거라고, 이 빌어먹을 촌구석을 떠나서 곰스크로 갈 거라고 말이야."

안락의자는 우리 거실에 놓였다. 아내는 한번도 거기 앉지 않았다. 내가 안락의자에 앉기를 아내가 고대한다는 것도 알았다. 우리는 말없이 서로를 지나쳤다. 말없이 일어섰고 말없이 잠자리에 들었다. 밥을 먹을 때도 서로 말이 없었다. 아내는 주인과 이야기를 했고 나는 주인이 뭘 물어볼 때나 겨우 한마디 할 뿐이었다. 물론 내가 한발 양보하면 이런 긴장은 해소되리라는 것을 나는 알고 있었다.

아내의 태도에 원래 악의 같은 것은 없었다. 그녀는 안락의자로 나에게 기쁨을 주려고 했을 뿐이다. 어쨌든 안락의자는 거기에 버티고 서 있었다. 그냥 그게 없는 듯이, 아무 의미도 없고, 고마워할 것도 없다는 듯이 행동하면 그만이었다. 그건 정말 편안한 안락의자였고, 거기에 앉아 있을 때면 때때로 기차가 웅웅거리며 지나가는 것을 볼 수도 있었다. 비록 내가 매일 밤 안락의자에, 그리고 아내는 내 곁의 등받이 없는 의자에 앉아 있었지만, 우리는 전처럼 오랫동안 허물없는 대화를 주고받지는 않았다.

그야말로 나는 안락의자에 앉아 빈둥거리다가 자야 할 시간이 오면 기뻐했다. 그러는 사이 아내가 늘 그렇게 말하듯, 방은 점점 더 '살 만하게' 바뀌었다. 그녀는 다락의 잡동사니 속에서 그림 몇점을 찾아내 벽에 걸었다. 또한 낡긴 했으나 여러번 문질러 닦은 양탄자 하나를 주인에게서 얻어냈고, 두 방의 천장과 벽을 사흘 내내 밝은 노란색으로 칠하기도 했으며, 창문에 새 커튼도 달았다.

때때로 아내는 그 마을의 늙고 병든 선생님에게서—아내는 그의 부인과 친하게 지냈다—책 몇권을 가져다주기도 했다. 그 읽을거리들은 살을 에는 바람 때문에 산책을 나가기 어려운 긴 겨울밤을 채워주었다.

봄이 오자 나는 그사이 상당한 돈을 모은 덕분에 기분이 들떠 있었다. 기차는 여름보다는 겨울에 더 자주 정차했고 나는 더 많은 팁을 받았던 것이다. 어느날 곰스크행 기차가 두 시간 정차하던 날 나는 돈을 세어보았고 기차표 두 장을 살 만큼 돈이 모아졌음을 알았다. 이제는 저녁에 안락의자에 앉아서 비참한 기분에 사로잡히지 않아도 된다는 사실에 나는 행복했다. 아내도 내 기분이 좋은 것을 알고 평소보다 더 편안해했다. 나는 그간 끊었던 담배를 음미하면서 피웠고 다음번에 정차할 때 우리를 곰스크로 데려다줄 기차가 도착할 철길을 바라보았다.

그때 아내와 나누던 대화가 갑자기 끊어졌다. 나는 차표를 살 만큼 충분한 돈이 모였다는 사실을 아내에게 아직 이야기하지 않았다. 마침내 나는 담배를 문질러 껐다.

"우린 이제 여기서 살지 않게 될 거야."

"뭐라고요?" 아내는 멍하니 물었다. 그녀는 전혀 다른 생각을 하던 중인 것처럼 보였다.

"기차가 정차하면 차표를 끊고 우리는 이제 곰스크로 가는 거야."

말을 하면서 나는 그녀를 쳐다보지 않았다. 오랫동안 아내는 대답하지 않았다.

"그럼 떠날 준비가 된 거군요." 그녀는 마침내 중얼거렸다. 그녀의 목소리에는 기쁨도 두려움도 없었다. 단지 미묘한 실망과 놀라움이 있을 뿐이었다.

"우리가 그렇게 기다리던 시간이 마침내 다가온 거야!" 내가 말했다.

"그래요." 아내는 그렇게만 말했다.

"그런데 왜 그러는 거지? 기분이 좋지 않은 거야?"

"놀라운 일이에요." 그녀가 말했다.

"그래도 기분은 좋지 않잖아."

"내가 언짢다고 말하면 당신은 화를 내겠죠." 그녀가 말했다.

"기분이 나쁜 건 아니에요."

"나는 당신이 왜 곰스크로 가지 않으려 하는지 모르겠어." 내가 말했다.

"그럼 우리가 여기서 뭘 한다는 거지? 우리가 여기 오게 된 것은 순전히 우연이었어."

"나도 곰스크로 갈 거예요." 그녀가 말했다.

"내가 언제 안 간다고 했나요?"

"하지만 당신은 전혀 기뻐하지 않잖아."

"여보," 그녀는 팔을 내 목에 두르고 뺨을 갖다대면서 낮고 갈라진 목소리로 말했다.

"물론 나도 당신과 함께 가게 돼서 기뻐요."

그러나 나는 그녀의 뺨이 축축해지는 것을 느꼈다.

"그런데 왜 우는 거지?" 내가 물었다.

"눈물이 나오는 걸 어쩌겠어요." 그녀가 속삭였다.

"그러면 당신은 여기서 조금도 행복하지 않았다는 말인가요? 당신에게는 내가 있었잖아요! 당신은 오직 곰스크만을, 우리가 함께 살아온 이곳에서 등을 돌리게 될 그날만을 기다리지 않았 나요?"

나는 그녀의 머리를 두 손으로 끌어안고 눈물이 흘러넘치는 얼굴을 혼란스런 마음으로 바라보았다.

"내 인생 전부를 걸고 나는 이날을 갈망했어." 나는 말했다.

"물론 나도 여기서 때로는 행복했지. 우리는 싸우기도 했지 만 오래가진 않았잖아. 당신이 없었다면 이 기다림은 더 견디기 힘들었을 거야."

"정말인가요?" 그녀가 물었다.

"당신 혼자였다면 차표를 구하는 시간도 반밖에 걸리지 않았 을 거잖아요."

"여보," 내가 말했다.

"우리는 서로에게 속해 있어." 그녀는 나를 오랫동안 뚫어지 게 바라보았다. 그러고는 웃었다. 하지만 여전히 눈물은 흐르고 있었다.

"좋아요. 당신과 함께여서 기뻐요."

우리는 오랫동안 말없이 창가에서 포옹하고 있었다. 태양은 이미 졌고 밖은 어두워졌다. 서로 팔짱을 끼고 앉아서 우리는 방금 하늘에 떠오른 반달과 별을 올려다보았다.

나는 다시 얻어낸 화해가 기뻤기 때문에 다음날 아침 아내를 다그치지 않았다. 정오 무렵에 그녀 스스로 옷장에서 옷을 꺼내 여행가방에 조심스럽게 넣는 것을 보았다. 그녀는 주인에게 우리의 출발이 임박했다는 말도 꺼냈다.

"마음이 바뀌지는 않았나요?" 주인은 식사후에 나에게 물었다.

"한번 더 생각해보지 그래요. 곰스크에서 당신을 기다리는 것이 무엇인지 누가 알겠어요? 여기서는 묵을곳도 있고 생활도 보장되며 일거리도 충분한데……."

나는 고개를 저었다.

"당신은 머슴살이를 계속할 마음이 없는 거군요? 부활절까지만 기다리면 아마 더 나은 일자리가 생길 텐데……."

"그게 뭔가요?"

"그걸 말하면 뭐하겠어요, 어차피 떠날 거면서."

"물론입니다." 나는 말했다.

아마 주인은 내가 대답을 재촉하리라 기대했을 것이다. 하지만 나는 그녀의 바람대로 하진 않았다.

오후에는 하던 일을 모두 멈췄다. 가방은 싼 채로 방에 두었다. 나는 초조하게 승강장을 왔다갔다했고 줄곧 철길에 내려서서 혹시 멀리서 기관차의 연기가 보이지 않나 동쪽을 주시했다. 마침내 기차가 오는 것이 보였다. 귀청을 찢을 듯이 길게 이어지는 기적소리가 울려퍼졌다. 나는 손톱이 엄지 밑을 파고들 정도로 손을 꽉 움켜쥐었다. 지나가지만 않는다면! 제발 지나가지만 않는다면! 그랬더니 정말 기차가 내 손아귀의 힘찬 압박에 제압당하기라도 한 듯이 천천히 멈춰서는 것이었다. 엄지 아래에서 피가 맺혔지만 나는 개의치 않았다. 기차 문이 열렸다. 승객들이 서둘러 호텔 쪽으로 몰려갔다.

푸른 제복의 남자 하나가 승강장을 따라 기관차로 걸어갔다. 나는 그의 뒤를 쫓아 달렸다.

"곰스크로 가는 차표 두 장이요!"

나는 숨을 헐떡이며 그의 코밑에 돈을 들이밀며 말했다. 그는 깜짝 놀라더니 이내 냉담하게 나를 쳐다보았다.

"진정하세요, 이 기차는 한 시간이나 정차합니다."

참기 힘들 정도로 태연하게 그는 얼굴이 검은 기관사와 이야기를 나누기 시작했다. 그 둘은 담배를 피웠고 나를 쳐다보지도 않았다.

마침내 그 역무원이 담배꽁초를 내던지더니 나에게 돌아섰다.

"곰스크로요?"

그건 곰스크라는 이름에서 내가 한번도 상상해본 적이 없는 무덤덤한 목소리였다.

"네, 두 사람이 탈 거예요." 내가 말했다.

그는 귀 뒤에 꽂아둔 연필을 뽑아들더니 가죽가방에서 서식을 꺼냈다. 그러고는 이따금 연필 촉에 침을 묻혀가면서 아주 천천히 서식을 작성했다. 마침내 그가 차표를 건넸고, 나는 그의 손에 돈을 쥐여주었다.

"30분 후에 출발합니다." 그가 말했다.

나는 아내를 데려오기 위해 마구 달렸다.

"서둘러, 가방을 달라고!" 나는 거실 문을 열면서 소리쳤다.

"그렇게 급한가요?" 그녀가 물었다.

"주인에게 인사도 못했는데요." 마침 주인이 문을 두드렸다. 그녀는 나를 언짢게 바라보면서 들어왔다.

"그럼 이제 준비는 다 된 건가요? 좋은 여행 되시길!" 그녀는 손을 내밀었고 나는 초조하게 아내를 기다렸다. 하지만 그 두 사람은 마지막 몇분까지 대화에 빠져들었고, 대화는 끝날 것처럼 보이지 않았다.

"가방을 먼저 기차에 실을게!" 내가 말했고, 아내는 고개를 끄덕였다.

나는 객실에 올라가 가방을 그물 선반에 두고는 기다렸다. 잠시후에 나는 승강장으로 나갔다. 승객들은 벌써 간이식당에서 돌아와 기차에 타고 있었다. 아내는 여전히 나타나지 않았다. 나는 다시 방으로 돌아가는 수밖에 없었다. 그런데 맙소사, 아내는 아직까지도 방에 혼자 있었다.

"당신, 와주었군요!" 그녀가 말했다.

"이 안락의자 옮기는 것 좀 도와줘요!" 나는 어처구니가 없어 그녀를 쳐다보았다.

"당신 지금 제정신이야?"

"하지만 우리 안락의자예요! 당연히 가져가야죠!"

"안돼!" 나는 화가 머리 꼭대기까지 치밀어올라 말했다.

"말도 안되는 일이야. 제발 좀 안락의자를 내려놓고 기차로 가!"

"안락의자 없이는 떠나지 않을 거예요." 아내가 말했다.

"우리는 이걸 두고 갈 정도로 부자가 아니라고요. 곰스크에서 누가 이런 안락의자를 주겠어요?"

"난 갈 거야." 내가 말했다.

"난 안락의자에 손가락 하나도 안 대겠어!"

"그렇다면 나 혼자 옮길게요." 아내가 말했다.

"당신 맘대로 하라고!"

나는 화가 치밀어 기차로 뛰어갔다. 뒤도 돌아보지 않고 기차에 올라타 자리를 잡았다. 역무원 하나가 기차를 따라 뛰면서 문을 닫아걸자 나는 망설였다. 창밖으로 몸을 내밀어보니 아내가 벌겋게 달아오른 얼굴로 숨을 헐떡이며 안락의자를 승강장

위로 끌고 오는 것이 보였다.

"여기야!"

나는 크게 소리질렀다. 그녀가 내 말을 들었는지 알 수 없었다. 그녀는 멈춰서서 땀을 닦고 있었다. 기차가 막 출발하려는 것 같았다. 나는 속으로 욕을 퍼부으면서 승강장으로 뛰어내렸다.

"어서 가! 뛰라고!" 나는 어깨에 안락의자를 메고는 호통을 쳤다.

"이 지긋지긋한 건 내가 실을 테니 말이야. 정말 한심하군!"

내가 안락의자를 승강대에 막 올려놓을 때 차표를 팔던 역무원이 다가왔다.

"뭐하시는 겁니까?" 그가 날카롭게 물었다.

"당신이 보는 대로요!" 나는 헉헉대며 말했다.

"그만두시오!" 그가 말했다. 그는 안락의자를 다시 승강장으로 내려놓았다.

"안락의자는 화물칸에 실어야 합니다. 서두르셔야겠네요. 곧 출발합니다. 돈은 나중에 내셔도 됩니다."

"돈이라뇨?" 내가 물었다.

"돈을 이미 냈잖아요!"

"안락의자 요금은 안 내셨죠. 이 기차는 가구를 옮기는 차가 아닙니다."

나는 당황한 채 서서 그 혐오스런 물건을 쳐다보았다.

"어서 타시오!" 역무원이 말했다.

"언제까지 당신들을 기다릴 순 없어요."

"올라와." 내가 아내에게 말했다.

"당신도 봤지만 안되겠어. 안락의자를 실으려면 추가요금을 내야 하는데 난 이제 한푼도 없거든."

나는 그녀를 객차로 끌어올리려고 했다. 하지만 그녀는 뿌리쳤다.

"안락의자를 승강장에 버리고 갈 수는 없어요!"

"사람 말 못 알아듣겠어? 여행에 안락의자를 가져간다는 건 얼마나 정신나간 짓이냐고!"

"당신한테는 아무 가치가 없겠죠." 그녀가 말했다.

"하지만 나는 이 안락의자를 위해 일했어요. 이걸 가지려고 온갖 노력을 다했다고요."

"정말 말이 안 통하는군! 제발 정신 좀 차려, 여보." 나는 애원했다.

"안락의자를 뭐에 쓴단 말이야. 중요한 건 곰스크에 가는 것이라고!"

"내 걱정은 말고 혼자 가세요." 그녀가 말했다.

"안락의자 없이 나는 안 갈 거예요."

"그게 진심이야?"

"진심이에요."

"좋아." 나는 기차에 올라탔다.

"그럼 안락의자와 행복하게 살아! 나는 떠날 테니." 그녀는 완고하면서도 창백한 얼굴로 승강장에 서 있었다.

"부인 타세요, 어서요." 역무원이 소리쳤다. 그녀가 미동도 하지 않자, 그가 내게 물었다.

"부인은 같이 가시는 게 아닌가요?"

"아닙니다." 내가 말했다.

"저 사람은 여기 있을 거예요." 그는 문을 닫았고, 나는 창문을 좀더 내렸다.

우리는 말없이 서로 바라보았다.

'이번만큼은 양보하지 않으리라.' 나는 속으로 다짐했다.

"곰스크에 가면," 아내가 말했다.

"나한테 편지 보내줄 거죠?"

"잘 모르겠어." 내가 대답했다.

"그보다는, 당신이 정신을 차리고 지금이라도 기차에 탔으면 좋겠어."

"당신 주소라도 알고 싶어요."

"뭐하려고?" 나는 말했다.

"당신한테는 안락의자가 있잖아." 기적이 울리더니, 한순간에 그 소리가 기차를 훑고 지나갔다.

"그건," 아내는 소리쳤다.

"아이가 태어나면 편지를 써야 하니까요!"

"뭐라고?"

"우리 아이 말이에요!"

나는 문을 열어젖히고 이미 천천히 출발하기 시작한 기차에서 승강장으로 뛰어내렸다. 기차는 내 곁을 미끄러져 점점 빨리 앞으로 나아갔다.

"정말 아이를 가진 거야?" 아내는 바닥을 내려다보았다.

"당신은 곰스크 외엔 아무것도 관심이 없었잖아요." 아내가 말했다.

"언제나 철길만 바라보았고 기차가 오기만을 기다렸죠. 그러지 않았다면 벌써 알아차렸을 거예요."

거기엔 우리가, 그리고 안락의자가 서 있었고 기차는 떠나버렸다. 지평선 가까이 보이던 기관차의 흰 연기도 천천히 사라져버렸다.

"그러니까 당신은 아이를 가진 게로군." 나는 힘없는 목소리로 말했다.

"그래서 또 화가 났나요?" 아내는 낮게 물었다.

내가 뭐라고 대답할 수 있을까. 그 아이는 그녀만의 아이가 아니라 나의 아이이기도 한 것을.

나는 한숨을 내쉬며 안락의자를 어깨에 메고 호텔로 돌아왔다.

"한 시간만 더 있었다면," 나는 탄식했다.

"이 안락의자를 가지고 갈 수도 있었을 텐데."

이것이 마지막 기회였음이 분명했다. 여기를 떠날 현실적인 기회를 날려버린 것이다. 내가 강하게 버텼다면 마지막 순간에 아내가 기차에 탔을지도 모른다. 그러나 아이를 가졌다는 사실은 너무나 뜻밖이어서 나는 그녀에게 기습적으로 당하고 만 것이다. 당시 아내는 눈에 띄게 배가 불러 임신한 사실을 한눈에 알 수 있었다. 그것을 좀더 빨리 알아챘어야 했다. 안락의자는 안된다고 했을 때 그녀가 보인 히스테리며 이상한 행동, 그리고 임신한 여자들이 종종 그렇다는 것 역시 알아야 했다. 그녀는 어쩔 수 없었던 게다. 나에게는 아내의 어리석음을 책망할 권리가 없었다. 내가 좀더 그녀에게 주의를 기울였다면, 나의 차표에만 집착하지 않았다면, 기차와 곰스크에 빠져 있지만 않았다면 나는 그녀의 상태를 이미 알아차렸을 것이고 여행이 이렇게 허무하게 취소되지는 않았을 것이다.

주인은 우리가 머무는 것에 대해선 아무말도 하지 않았다. 아내가 임신한 사실을 그녀는 이미 오래전부터 알고 있었던 것처럼 보였다. 우리의 일상은 마치 아무일도 없었던 것처럼 이어졌다. 당분간 여행에 대해서는 생각할 수 없었다. 아내는 그것에 대해 말을 꺼내는 것조차 거부했다. 임신한 상태로 장시간 기차 여행을 견뎌내기는 불가능한 일이었다. 기차여행이 그녀의 건강에 좋을 리도 없었다. 게다가 곰스크에서 무엇이 우리를 기다릴지도 알 수 없었다. 여기서는 안정된 생활에다 작은 거처와 생계수단까지 있으니, 여기서야말로 그녀는 아무 근심 없이 아이를 낳을 수 있었던 것이다. 그에 비해 곰스크에서 벌어질 일들이란 내용을 하나도 알 수 없는 책과 같았다. 임신한 여자에게 그런 종류의 무모한 모험을 감행하라고 요구할 수는 없는 일이 아닌가.

나는 아이를 얻게 되어 기뻤다고 가슴에 손을 얹고 말할 수는 없었다. 하지만 출산이 점점 다가오면서 밤낮으로 아이에 몰두해 있는 아내를 생각해서 실망감을 드러내지 않으려고 애썼다. 그러나 밤이 찾아오고 그녀가 잠들면, 나는 마음을 가라앉히지 못하고 오랫동안 초원을 따라 배회하거나 별빛을 받으며 철둑에 앉아 있었다. 마침내 이곳을 떠나갈 그날을, 이제는 기약하기 힘든 먼 미래로 밀려난 그날을 꿈꾸었다. 그때 내 꿈이 실현

되지 못할 거라는 예감이 의식 깊숙한 곳에서 거의 처음으로 자리잡기 시작했고, 결국 평생 곰스크 외에 다른 어떤 것도 꿈꾸지 않았던 내 아버지가 그랬듯이, 나 역시 생전에 두 눈으로 곰스크를 못 볼 것만 같았다.

아내가 임신한 여자에게 강요해서는 안된다고 말한 그 불안정한 상태와 불확실한 미래라는 것이 아이가 태어난 이후라고 해서 과연 무시될 수 있을까? 과연 그녀는 기댈 데 없는 젖먹이를 데리고 낯선 대도시로의 모험을 감행할 준비가 돼 있을까? 이제부터 그녀의 첫번째 관심사는 항상 안정된 삶과 예측 가능한 미래가 될 것이고, 그녀는 그것을 위해 늘 아이를 증인으로 끌어댈 것이 분명할 텐데…….

나는 그때까지 마을일을 의도적으로 멀리해왔고 마을사람들의 얼굴과 이름을 몰랐으며 관심조차 가져본 적이 없었다. 때문에 어느날 마을 이장님이 나와 이야기를 나누고 싶어한다는 말을 아내에게 전해듣고는 깜짝 놀랐다.

"난 그를 몰라. 나한테 무슨 볼일이 있다는 거지?" 내가 물었다.

"이미 약속해둔걸요!" 아내는 뭔가를 숨기는 듯한 표정으로 말했다.

이장님은 유쾌한 노인이었다.

"유감이군요." 그가 말했다.

"당신처럼 유능한 사람이 여기서 하인 일로 생계를 꾸려나가다니 말이오."

"당분간 하는 일일 뿐입니다." 내가 말했다.

"그런데, 제가 유능하다는 건 무슨 말씀이신지요?" 나는 혹시 아내가 무슨 말을 흘린 것은 아닌가 하는 의심이 들었다.

"당신 부인이 종종 당신 얘기를 하더군요." 그가 말했다.

그는 방을 둘러보더니 펼쳐진 책을 눈짓으로 가리켰다.

"독서를 좋아하신다고요?"

"이 시골구석에서 뭐 할 게 있어야지요!" 내가 말했다. 노인은 웃었다.

"부인이 말하기를 당신은 거의 학자 같다고 하더군요." 나는 내 시선을 피하는 아내를 바라보았다.

"아마 그렇게 생각하고 싶어하나보죠." 나는 냉담하게 말했다.

"무슨 말씀이신지?" 이장님이 미소지었다.

나는 침묵했고 그 침묵이 그를 불쾌하게 만들었는지 미소가 천천히 얼굴에서 사라졌다.

"그럼 하려던 말을 꺼내야겠군요." 그가 말했다.

"우리는 학교 선생님을 구하고 있어요. 당신도 알겠지만, 우리 연로하신 선생님의 부인이 최근 돌아가셨어요." 언젠가 아내가 그런 말을 했던 기억이 났다.

"선생님은 부인을 잃은 상심으로 너무 쇠약해지시는 바람에 더이상 아이들을 가르치기가 힘들 것 같아요. 우리 마을에서 그가 하던 일을 이어받을 사람은 당신 말고는 없어요."

"나는 교사 교육을 받은 적이 없습니다." 내가 말했다.

"그 연로하신 선생님도 마찬가지예요." 이장님이 말했다.

"아이들에게 읽고 쓰고 계산하는 것만 가르치면 됩니다. 그게 전부지요."

그는 대화에 끼어들지 않는 내 아내를 바라보았다. 그러고는 말했다.

"한번 생각해보세요. 일주일 후에 다시 오리다." 그는 모자를 집어들었다.

"당신이 승낙한다면 다가오는 부활절에는 교사 사택으로 이사할 수 있을 겁니다. 정원이 있는 예쁜 집이지요. 지금 머무는 곳보다는 훨씬 아늑할 겁니다. 연로하신 선생님께는 작은 다락방 하나만 내어드리면 만족하실 거예요."

그가 떠나자 나는 뒷짐을 진 채 방안을 이러저리 걸었다. 아내가 있는지도 까맣게 잊었다. 마침내 그녀가 근심스러우면서도 기대에 찬 눈으로 나를 바라보고 있음을 알아챘다. 나는 단숨에 멈춰섰다.

"제발." 아내가 간청하며 말했다.

"제발 한다고 하세요."

나는 침묵했다.

"이 시골구석 마을의 선생님이라고." 나는 끝내 씁쓸하게 입을 열었다.

"그렇게 내 인생이 끝나야 한다고?……."

"오직 우리만을 위한 집이 생긴다고요!" 아내가 말했다.

"게다가 꽃과 과일나무와 잔디가 깔린 정원이 있어요. 우리 아이를 위해 얼마나 좋아요!"

"당신은 늘 아이만 생각하는군." 나는 격정에 휩싸여 말했다.

"나는 이제 안중에도 없잖아. 내가 선생님이 되면 당신은 꽃과 과일나무가 있는 작고 아름다운 집에 앉아 있고 우리 아이들은 잔디밭 위를 뛰어다니다 바지에 쉬를 하겠지. 아마 열마리 말이 끈다고 해도 당신은 여기를 떠나지 않을 거야. 그래, 내 인생이 망가지든 말든 당신에게는 아무 상관도 없지."

"나는 왜 당신이 무조건 곰스크로 가야만 하는지 모르겠어요!" 아내가 소리쳤다.

"내 인생 전체는 언젠가 곰스크로 떠나는 꿈이었다고!" 아내는 침묵했다.

"당신은 고집센 아이처럼 말하는군요." 그녀는 끝내 조용히 입을 열었다.

"인생이 의미를 가질지 아니면 망가질지는 오직 당신에게, 다른 사람이 아닌 당신에게만 달려 있다는 사실을 왜 직시하지 않는 거죠?"

그리 많진 않더라도 규칙적인 수입이 들어온다는 것, 그리고 내 능력에 맞는 일이라는 점이 너무도 매력적이어서 그 기회를 대수롭지 않게 흘려보낼 수가 없었다. 그럼에도 나는 일주일을 꽉 채우고서야 제안을 받아들였고 언제든지 그만둘 수 있다는 조건하에 선생님 자리를 맡았다. 안락의자 외에는 가진 게 없었기 때문에 이사는 그리 힘들지 않았다. 그 연로한 선생님은 가구를 자유롭게 쓰도록 해주었다. 이제 다락방에서 지낼 텐데 그런 가구는 필요치 않다면서……

그래서 우리는 놀랄 만큼 아늑한 환경으로 오게 되었다. 나에게는 나만의 서재가 생겼다. 소박하지만, 잘 정돈된 선생님의 책들을 마음껏 볼 수 있었다. 부활절 직후부터 수업을 시작했다. 처음에는 선생님이 나를 안내하면서 많은 조언을 해주셨다. 하지만 몇주가 지난 후에는 그의 도움 없이 나 혼자 수업을 진행했다. 학생도 12명을 넘지 않았다. 책을 읽고 작은 정원을 돌볼 시간이 충분했고, 출산이 임박한 아내의 집안일도 도왔다.

연로한 선생님은 온화한 눈에 반짝이는 안경을 낀 홀쭉하고

작은 사내였는데 두꺼운 안경 때문에 눈이 더 커 보였다. 입가
에는 언제나 약간 슬픈 기색이 돌았다. 그가 가운을 걸치고 책
을 읽는 밤에 나는 그의 다락방 문을 두드리곤 했다. 그는 아주
늦게 잠자리에 들거나 종종 잠을 못 이루기도 했는데, 만성 불
면증에 시달리기 때문이었다. 우리는 곧 친구가 되었다.

　몇주 전 아내가 분만하기 직전은 정말 흥분되는 순간이었다.
세 번이나 산파를 데려왔지만 헛수고였다. 그러더니 마침내 아
이가 세상에 나왔다. 큰 소리로 울어대는 작은 사내아이였는데
처음에는 붉으락푸르락한 괴물 같았다. 아이의 이목구비가 제
법 갖춰질 무렵 나는 자주 아이를 데리고 정원으로 나왔다. 잔
디에 담요를 깔고 아이를 누이면 아이는 손발을 버둥거리다가
때로는 배가 고프다고, 때로는 놀아달라고 울어댔다. 아이에 대
한 아내의 기쁨은 말할 수 없이 커서 다른 어떤 것도 대신할 수
없을 정도였다. 그래서 나와 이야기를 할 때 그녀는 정신나간
사람 같은 미소를 지었는데, 내 말에 건성으로 대답할 때조차
도 전혀 듣고 있는 것 같지 않았다. 곰스크에 대해서는 이제 누
구도 말을 꺼내지 않았다. 내가 계획을 포기한 것은 아니었지만
그 말을 꺼내 당장의 기분을 망칠 수는 없었다.

　나이든 선생님의 병은 더욱 더 깊어갔다. 이제는 잠도 거의
이루지 못했고 아내 역시 그에게 뭔가를 먹일 수가 없었다. 그

는 가운을 걸치고 다락방의 열린 창문가 등받이 의자에 앉아 있었다. 그는 눈을 뜬 채 뭔가를 공상하기 일쑤였고 내가 노크를 하고 조용히 들어서는 소리도 듣지 못했다. 어떤 날에는 그의 의식이 다시 맑아져 이른 아침까지 긴 대화를 이어가기도 했는데 그에게는 피곤한 기색이 없었다. 나는 그때의 마치 꿈같은 대화를 뚜렷이 기억한다. 천천히 동이 터오고 있었고 열린 창문으로는 새의 노랫소리와 초원의 바스락거림이 들려왔다.

"믿어주시오." 그가 슬픈 미소를 띠며 말했다.

"나 역시 한때는 멀리 떠나려고 했소. 하지만 그렇게 되지 않더군요."

두꺼운 안경 너머 반은 기쁘고 반은 슬픈, 뭐라 형용할 수 없는 눈빛으로 그는 나를 보았다. 마치 내 눈앞에 있는 사람은 지금의 그가 아니라 젊은 시절의 그인 듯했다.

"가지 않은 게 좋은 선택이었을 거요. 우리가 원하는 것은 아마 다르지 않을 테니까요."

그의 말은 묘하게도 믿을 만하게 들렸다. 마치 나 자신이 생각해낸 말 같았다.

"보시오," 그가 말을 이었다.

"사람이 원한 것이 곧 그의 운명이고, 운명은 곧 그 사람이 원한 것이랍니다. 당신은 곰스크로 가는 걸 포기했고 여기 이

작은 마을에 눌러앉아 부인과 아이와 정원이 딸린 조그만 집을 얻었어요. 그것이 당신이 원한 것이지요. 당신이 그것을 원하지 않았다면, 기차가 이곳에서 정차했던 바로 그때 당신은 내리지도 않았을 것이고 기차를 놓치지도 않았을 거예요. 그 모든 순간마다 당신은 당신의 운명을 선택한 것이지요."

그는 오랫동안 동이 트는 아침을 말없이 바라보았고, 싸늘하고 명료한 개똥지빠귀 노랫소리만이 비현실적으로 크게 울려퍼지고 있었다.

"그건 나쁜 삶이 아닙니다." 그가 말했다.

"의미없는 삶이 아니에요. 당신은 아직 그걸 몰라요. 당신은 이것이 당신의 운명이라는 생각에 맞서 들고 일어나죠. 나도 오랫동안 그렇게 반항했어요. 하지만 이제 알지요. 내가 원한 삶을 살았다는 것을. 그리고 그것을 깨달은 이후에는 만족하게 되었어요."

우리 둘의 운명을 뒤섞은 듯한 그의 말은 정말 기이한 것이었다.

나는 곰스크로 갈 때를 대비해 항상 돈을 저축했다. 일이년 후에 아이가 좀더 자라면 출발하려고 했다. 적당한 일자리를 구하는 동안 배를 곯지 않을 정도의 돈도 충분히 모았다. 물론 선생님이 돌아가시고 나서는 아무에게도 그 사실을 말하지 않았다.

우리의 둘째가, 이번에는 여자아이가 태어나자 내 계획은 좀 더 뒤로 밀려났다. 나는 직업을 통해 천천히 마을사람들의 삶으로 끌려들어갔다. 학생들의 부모들을 알게 되었고, 이장님은 종종 우리를 방문했다. 이제 마을에서는 어느 누구도 나를 이방인이라고 생각하지 않았다. 마을의 유일한 선생님이 바로 나였으니까. 아마도 나는 전임자만큼 나이가 들어서 더 젊은 사람에게 자리를 물려줄 때까지 아이들을 가르칠지도 모르겠다.

오늘까지도 여전히 그것은 나를 사로잡는다. 곰스크로 가는 특급열차가 저 멀리 돌진하는 소리가 들리고 그 찢어지는 듯 슬픈 기적소리가 초원을 뚫고 울리다가 멀리 사라질 때면, 갑자기 뭔가 고통스러운 것이 솟구쳐 나는 쓸쓸한 심연의 가장자리에 놓인 것처럼 잠시 서 있곤 한다. 그러다가 다시 집으로 돌아오면 말없이 아내와 아이들 곁을 지나쳐 내 전임자가 죽을 때까지 묵었던 바로 그 다락방으로 올라간다. 나는 문을 잠그고 침대에 몸을 던진 채 그 나머지 시간을 누구하고도 말하지 않고 숨어서 보내곤 하는 것이다.

배는 북서쪽으로

배가 출발하자 다들 조금씩은 손을 흔들었다. 손을 흔들어줄 상대가 없었던 나는 난간 앞에 서서 평온하고 차갑게 펼쳐진 바다와, 얼어붙은 빛을 머금은 채 수평선 위로 청동원판처럼 박힌 태양을 바라보았다. 우리는 태양을 향해 곧장 북서쪽으로 나아갔다. 뱃머리에 부딪힌 파도가 얼음처럼 부서져내렸다.

육지가 제법 멀어져서 손짓할 대상이 사라지자, 여행가이드인 나는 선실을 배정하기 위해 사람들을 내 주위로 모았다. 그들은 직업과 나이가 제각각인 남녀들로, 각자 나름대로 우산과 선글라스 같은 준비물을 챙겨왔다. 그중에는 아주 창백하고 몹시 추워 보이는 어린 소녀도 있었는데 그녀는 말이 거의 없었다. 나머지 사람들은 대부분 기분이 들떠 있어서 나는 그들을 조용히 시키느라 애를 먹었다. 내가 막 본론을 이야기하려고 했을 때, 승무원이 다가오더니 선실은 이미 배정되었다고 말해주었다.

"어떻게요?" 내가 물었다.

"배표 위에 선실번호가 있습니다."

문제는 간단히 해결되었고 귀찮은 일을 하나 덜었다고 생각하니 홀가분했다. 사람들은 각자 흩어졌다. 어떤 사람들은 여행가방을 보관하러, 다른 사람들은 홀 안으로 뭔가를 마시러 갔고, 나머지는 갑판 여기저기를 걸으면서 시시덕거리거나 바다를 바라보면서 여흥을 즐겼다.

나는 마치 가는 실로 배를 꿰매기라도 하듯 좌우로 이리저리 미끄러지는 갈매기들에게 남은 빵을 던져주려고 선미 쪽으로 갔다. 갈매기들은 빵부스러기로 돌진하더니 바다에 떨어지기 전에 잽싸게 부리로 낚아챘다. 때로는 부스러기 하나에 두세 마리가 달라붙어 싸우기도 했다.

아까 보았던 창백한 소녀는 난간 밖으로 몸을 구부리고 바다를 바라보고 있었다. 그녀는 외투 깃을 끝까지 세웠는데도 몹시 추워 보였다. 아는 사람도 없는 것 같았다. 나는 그녀와 대화를 좀 나눠보고 싶어 다가갔다. 그런데 때마침 회계원처럼 보이는,

안경을 쓴 늙은 남자가 내 곁으로 다가왔다.

"춥군요." 그가 말했다.

"하지만 아름답고 조용한 날이에요."

"네, 운이 좋았죠."

"아버표르트까지는 얼마나 걸리죠?"

"어디라고요?"

"아버표르트 말입니다. 아버표르트로 가는 배 아닌가요?"

"아니에요." 내가 말했다.

"배가 잘못돼 지옥으로 떨어질 수는 있겠지만 아버표르트로 는 절대 가지 않을 겁니다."

그는 안경을 벗어들더니 눈을 크게 뜨고 나를 바라보았다.

"아, 아, 아버표르트로 가지 않는다고요?" 이제 그는 말까지 더듬었다.

"하지만 난 거기로 가야 해요!"

"물론 그러시겠죠." 내가 말했다.

"유감입니다만 다른 배를 타셨어야 합니다. 이 배는 아버표 르트로 가지 않아요."

"하지만 어떻게 그런 일이? 이 배는 그럼 어디로 갑니까?"

"하여튼, 제가 아는 한 아버표르트로는 가지 않습니다. 선장 님께 물어보시는 게 아마······."

"그러죠, 선장님을 찾아보겠습니다." 그는 당황해서 가버렸다.

아버표르트라… 나는 생각했다.

그런 도시도 있었나.

그사이 창백한 소녀는 자리를 떠나버렸고 나는 남은 빵부스러기를 갈매기에게 던져주고는 천천히 중앙홀로 향했다. 그런데 아까 한순간 배의 목적지를 말하지 못한 건 좀 이상한 일이었다. 나는 당연히 목적지를 정확히 알고 있었다. 다만 그 이름이 갑자기 떠오르지 않았을 뿐이며 확신하건대 그곳이 아버표르트는 아니었다.

태양은 그사이 저물었고, 날은 어두워졌다. 갑판 위에는 이제 사람이 많이 줄었고 그들은 마치 가면을 쓴 환영처럼 희미하게 떠돌고 있었다. 그 환영들마저 점점 더 줄더니 마침내 나 혼자만 갑판에 남았다. 나는 담요를 한장 가져와 몸에 걸치고선 어둠에 싸인 바다를 바라보았다. 바다는 뱃머리 아래에서 쏴쏴 부딪혔고 그때마다 유령처럼 창백한 빛이 흩어졌다. 이상하게도 전혀 고단하지 않았다. 견디기 힘든 추위에도 불구하고 새벽 두세시까지 몇시간을 더 갑판에서 버티다가 계단을 내려가 내 배표에 불을 비춰보았다. 그런데 거기에는 번호가 없었다.

한 칸을 더 내려가자 커다란 문들이 늘어선 긴 복도가 나왔다. 그중 하나가 내 선실일 게 분명했다. 하지만 어떤 방이지? 나는 첫번째 문을 열어보았다. 문은 잠겨 있었다. 두번째 문은 쉽게 열렸는데 내가 들어가자 불이 켜지면서 파자마 차림의 늙고 뚱뚱한 여자가 깜짝 놀라 나무침대에서 일어나 나를 쳐다보았다. 그녀가 뭔가 말을 꺼내기 전에 문을 다시 닫았다. 나는 더이상 방으로 들어갈 엄두를 내지 못했고 계단에서 밤을 보내기로 결심했다. 바람이 심해서 거의 잠을 이룰 수 없었다. 다음날 아침, 내 몸은 꽁꽁 얼어붙었고 말할 수 없이 피곤했다.

그 아침에도 육지는 보이지 않았다. 이 지역에서는 태양이 수평선 위로 높게 떠오르지 않기 때문에 하늘이 맑은데도 햇빛은 싸늘한 잿빛을 띠었다. 나는 한 승무원에게 내 선실번호를 물어보았고, 그는 56호라고 가르쳐주었다.

56호의 침대는 깨끗한 린넨 천으로 덮여 있었고 넓고 안락했다. 나는 잠을 보충하려고 옷을 벗고 침대 속으로 몸을 밀어넣었다.

나는 딱 한번 반쯤 잠에 취한 채 눈을 떴다. 그랬더니 열린 문 사이로 그 창백한 소녀가 보였다. 그녀는 머리를 안으로 들이밀다 말고 깜짝 놀라 '아, 죄송해요!' 하고는 사라져버렸다. 나는 곧 다시 잠이 들었고 오후가 되어서야 일어났다.

내가 갑판에서 처음 만난 사람은 회계원 같은 어제의 그 노인이었다. 그는 다른 남자 하나와 지난밤 내가 실수로 문을 여는 바람에 만났던 뚱뚱한 부인과 함께 있었다. 그들 셋은 무척 화가 나 있었다. 나를 보자 회계원 같은 늙은 남자가 나에게 달려들었다. 다른 두 사람은 천천히 그를 따라왔다.

"선장하고는 만날 수도 없었어." 그는 언성을 높였다.

"어제도, 오늘도, 다섯 번이나 그를 찾아갔어! 아마도 선장 따위는 없는 게지!"

"어찌 됐든," 내가 말했다.

"목소리를 좀 낮추시죠, 결국 엉뚱한 배를 탄 것은 당신 잘못입니다."

"내 생각에는 이 배가 아버표르트로 가는 게 확실해! 그런데 이분은 엘스비로, 그리고 저 부인은 칼뫼로 간대. 도대체 우리는 어디로 가는 거지?"

"엘스비? 칼뫼? 그건 아주 다른 행선지잖아요. 이 배는 엘스비나 칼뫼로 가지 않아요. 물론 아버표르트도 아니고요. 제가 아는 한은 그렇습니다."

"하지만 믿을 수가 없군요!" 뚱뚱한 부인이 소리쳤다.

"나는 이 증기선이 칼뫼로 간다는 말을 분명히 들었다고요!"

"아마 잘못 들으신 거겠죠." 내가 말했다.

"잘못 들었다고? 그럼 내가 어디로 가는 배인지 제대로 알아보지도 않고 배에 탔다는 말이오?" 그녀의 얼굴은 벌겋게 달아올랐고 목소리에서는 앙칼진 분노가 묻어났다.

"모든 게 사기야! 우리를 속인 거라고!"

다른 남자 하나가 그녀의 팔을 붙들고 진정시키려고 했다.

"그만하세요," 그가 말했다.

"모든 게 밝혀질 거요. 나도 이 배가 엘스비로 간다는 말을 분명히 들었어요."

"우리는 어디로 가는 거지?" 회계원 남자가 물었다.

"어디로 가는지 알아야겠어. 당신은 여행가이드잖아!"

나는 필사적으로 머리를 굴려봤지만 여전히 목적지를 기억할 수 없었다. 그 이름은 그야말로 내 머릿속에서 사라져버린 듯했다.

"당신은 지금 배를 잘못 탄 게 제 잘못인 것처럼 말하는군요!" 나는 화가 치밀어 마침내 입을 열었다.

"당연히 나는 어디로 가는지 알아요. 정신있는 사람은 누구나 어디로 가는지 알지요. 하지만 지금 나는 정신나간 사람들과 함께 있는 것 같군요. 나를 내버려두세요."

뚱뚱한 부인이 내 외투를 거머쥐었지만 나는 단숨에 떨쳐버리고 그곳을 서둘러 빠져나왔다. 무식한 사람들, 저렇게 멍청할 수가 있다니!

나는 너무나 화가 나서 다시 잠을 청하려 방으로 향했다. 물론 다시 깨어났을 때 목적지를 기억할 수 있게 되기를 바라는 마음도 있었다.

그런데 내 방에 들어서자 그 창백한 소녀가 얼굴을 두 손으로 괸 채 멍하니 앞을 바라보고 앉아 있었다. 그녀는 놀라서 뛰쳐 일어났다.

"어찌된 일이죠?" 내가 말했다.

"죄송합니다. 하지만……."

"괜찮습니다. 괜찮아요." 나는 그렇게 말하면서 그녀를 문밖으로 밀어내고는 문을 닫아걸었다. 그녀 역시 어디로 가는지를 물어볼지도 모르는 일이었기 때문이다.

얼마나 누워 있었을까. 이번에는 누군가 밖에서 크게 문을 두드렸다.

"문 열어!" 회계원의 목소리였다.

나는 벽을 향해 몸을 획 돌렸다. 절대 문을 열어주지 않을 심산이었다. 정말이지 지겨웠다. 문밖 복도는 야단법석이 난 것 같았다. 한무리의 사람들이 떠드는 소리에 이어 다시 문 두드리는 소리가 들리더니 점점 더 소란스러워지는 것이었다.

"문 열어!"

실컷 두드려보라지, 나는 생각했다. 저런 잡배들과는 상대를 말아야 해. 자기들이 무슨 짓을 하는지 똑똑히 알아야 한다고.

하지만 소동은 점점 더 거세졌다. 성난 목소리와 문 두드리는 소리가 귀를 먹게 할 정도로 커지는 걸 보니, 이제는 발로 문을 차는 게 분명했다.

"열지 않으면 문을 부숴버리겠어." 엄청나게 큰 목소리가 들렸다. 그들이 차고 두드리는 바람에 문틈이 흔들렸다.

아무래도 이젠 문을 열어주는 게 나을 것 같았다. 사람들이 저렇게 흥분하다니…….

나는 일어나 말했다.

"가요! 이제 간다고요!"

나는 문을 열었고 잽싸게 한걸음 물러섰다. 마지막 순간에 기억이 돌아올지도 모르는 일이었다. 내 앞, 어두컴컴한 복도에 성난 얼굴들이 보였다.

"그래, 무슨 일이신가요, 여러분?" 목소리를 차분하게 가다듬으려고 애쓰면서 내가 물었다.

"둘러대지 말고 당장 이 배가 어디로 가는지 말해. 우린 모두 목적지가 다르다고!"

그자는 회계원이었다.

"당신은 어디로 가시나요?" 내가 첫번째 사람에게 물었다.

"루트로브요."

"당신은?"

"넥쇠."

"당신은?"

"에스표르트."

"당신은?"

"말뫼, 졸리츠……."

그들은 모두 가려는 곳이 달랐다. 그 항구도시들 중 몇은 내가 막연하게나마 아는 곳이었고 또다른 몇은 어디선가 들은 적이 있는 곳이었지만 대부분은 들어본 적도 없는 곳이었다.

"그래요." 내가 말했다.

"정말 달갑지 않은 일이군요. 확실히 말하지만, 이 항구들 중 어디에도 이 배는 가지 않을 겁니다."

사람들은 흥분해서 아우성을 쳤다.

"믿을 수가 없어! 뻔뻔스럽군! 완전 사기라고!"

하지만 회계원은 모두에게 조용하라는 신호를 보내고는 도전적인 목소리로 다시금 내게 항의해왔다.

"그럼 우리가 실제로 가는 곳을 말해봐. 다른 말은 하지 말고. 당신은 여행가이드야. 그걸 알아야만 하는 사람이라고!"

"네, 물론 그렇습니다." 나는 천천히 말했다.

"원하는 게 그거라면……."

나는 그곳을 기억해내려고 잠시 멈칫거렸다. 그러나 여전히 목적지는 떠오르지 않았다. 나는 왜 내가 그들의 여행가이드가 되었는지조차 알 수 없었다.

"원하는 게 그것이라면……." 나는 말했다.

"당장 말해드릴 수 있어요. 이 배는……."

좌중은 조용해졌고 사람들은 기대에 차서 나를 바라보았다.

"이 배는……." 나는 다시 말을 이었다.

"그래요, 지옥으로 가고 있어요! 그런데 여기가 혹시 정신병원인가요? 배에 탄 사람들 모두 어디로 가는지도 모르다니, 웃긴 일이잖아요……."

"그는 목적지를 몰라요!" 뚱뚱한 부인이 소리질렀다.

"내가 계속 말했잖아요. 저 작자는 그걸 모른다고요! 비열한 사기꾼 같으니!"

"얼마나 더 우릴 속이려고?"

한 남자가 나를 위협하듯 바라보며 큰 목소리로 따졌다.

그는 거구의 사내였다. 뭔가 대처하지 않으면 사람들이 나를 덮칠 기세였다. 나는 총알같이 몸을 돌려 문을 닫았다. 그러나 회계원이 문틈으로 발을 밀어넣었고, 내가 온힘을 다해 저항했는데도 문은 천천히 다시 열렸다.

"저 놈을 때려눕혀!" 뚱뚱한 여자가 소리질렀다.

"사기꾼을 때려눕히라고!"

천만다행으로 그들이 벌이는 한바탕 소동을 갑판 위에 있던 사람들이 들었고 승무원 몇몇이 달려와서는 사람들에게 흩어지라고 명령했다. 그들은 사람들이 돌아가는지를 끝까지 지켜보았다.

"다친 데는 없소?" 위협을 가하던 사람들이 사라지자 승무원이 물었다.

"네, 정말 제때 와주셨네요."

그는 모자에 손을 얹어 경례를 하더니 돌아가려고 했다. 나는 그를 붙들었다.

"제발 말해주세요." 나는 낮게 말했다.

"이 배가 도대체 어디로 가는 거지요?"

"어디로요?" 그가 이해할 수 없다는 듯이 나를 바라보았다.

"네, 그걸 까맣게 잊어버려서……."

"죄송하지만 말해드릴 수 없습니다." 그가 여전히 의심스러운 눈초리로 말했다.

"그건 우리 일이 아니니까요. 우리는 어디로든 가기만 하면 됩니다. 하지만 선장님께는 물어보셔도……."

"선장님께 말해도 괜찮을까요?"

"그럴 겁니다. 한번 찾아가보세요."

나는 조심스럽게 갑판으로 올라갔다. 날은 어두웠다. 차가운 바람이 불어왔다. 이런 추위에 사람들이 밖에 나오지는 않을 테니 두려워할 필요는 없었다.

나는 덜덜 떨면서 함교에 올라갔다. 그런데 그곳에는 키를 잡은 선원 하나밖에 없었다. 내가 이 배가 어디로 가느냐고 묻자 그가 말했다.

"북서쪽으로 갑니다."

그 이상은 그도 알지 못하는 것 같았다.

나는 승무원 선실로 향했고, 몇군데를 기웃거리다가 '선장실'이라는 문패를 단 문을 찾아냈다. 문을 두드렸지만 열리지 않았다. 다시 한번 두드리자 무뚝뚝한 목소리가 흘러나왔다.

"무슨 일입니까?"

"이 배가 어디로 가는지 알고 싶습니다!" 내가 문에다 대고 소리쳤다.

"그걸 모른단 말이오?"

"네." 나는 말했다.

"이 배에서 당신 말고는 아무도 모르는 것 같아요!"

"그건 당신들 잘못이지." 그 목소리는 말했다.

"방해받고 싶지 않으니 이만 돌아가시오."

"안돼요!" 나는 소리쳤다.

"어디로 가는지 알기 전에는 못 갑니다!"

"나에겐 정해진 항로가 있고 그걸 따를 뿐이오." 그 목소리가 말했다.

"그건 하늘의 별도 마찬가지예요." 나는 이어서 소리쳤다.

"그리고 돈도 그래요! 하지만 사람들은 다른 걸 원해요. 그들에게는 각자 갈 곳이 있잖아요."

"그건 나와 상관없는 문제요. 당장 돌아가시오."

"안돼요! 이 배가 어디로 가는지 먼저 말해줘야 해요! 그러지 않으면 문을 부수겠어요!"

"해볼 테면 해보시오." 그 목소리는 말했다.

그러나 그 단단한 떡갈나무 문이 부서질 리가 없었다.

"왜 말해주지 않는 거죠?" 나는 크게 말했다.

"돌아가지 않으면 사람들을 불러 끌어내겠소!"

"승객들이 이 문을 산산조각낼 거예요!" 나도 화가 치밀어 소리질렀다.

"당신은 절대로 안전하지 못할 거예요!"

"걱정 마시오. 내 승무원들이 질서를 잡을 테니."

그렇다. 어쩔 수가 없었다. 나는 천천히 뱃머리로 걸어가 넓고 어두운 바다를 바라보았다. 그곳은 얼어붙듯이 추웠다. 날카로운 바람이 얼굴을 때리는 바람에 눈에서 눈물이 나왔다.

나는 곁에 창백한 소녀가 있음을 알아차렸다. 두터운 모직코트를 걸치고 머리에는 숄을 둘렀음에도 그녀는 덜덜 떨고 있었다.

"처음부터 전 알고 있었어요." 그녀가 말했다.

"뭘 알고 있었다는 거죠?"

"원래 배가 어디로 가는지 몰랐다는 것을요."

"그걸 알고도 당신은 이 배에 탄 것인가요?" 나는 경악하며 물었다.

그녀는 눈앞의 어둠을 응시했다. 선체의 하중으로 배가 희미하게 떨렸고 파도는 뱃머리에서 얼음처럼 쪼개졌다. 마침내 그녀가 입을 열었다.

"어디로 가든 그건 전혀 중요하지 않아요……."

"왜 중요하지 않죠?"

그녀는 다시 잠시 침묵하더니 추위에 온몸을 떨었다.

"이리 와요." 그녀가 말했다.

"분노에 찬 사람들이 당신이 여기 나와 있는 걸 알면……." 그녀는 반쯤 뒤돌아섰다.

"우리 선실로 가요……."

"우리라니요?"

"우리는 같은 선실이잖아요."

“그건 당신 착각일 거예요.” 나는 어리둥절해서 말했다.

“아니,” 그녀가 말했다.

“그건 착각이 아니에요.”

그러나 밖은 살을 에는 듯 지독하게 추웠다. 나는 생각했다. 아마 그게 더 나을지도 모르겠다고······.

철학자와 일곱 곡의 모차르트 변주곡

화가와 철학자가 함께 산책을 나갔다. 철학자는 잿빛 거리를 내려다보았고 화가는 푸른 하늘을 올려다보았다.

　그런데 높은 울타리 뒤에서 명랑한 웃음소리가 들렸다.

　"저 너머에 무슨 재미있는 일이 있는지 알아봐야겠어!" 화가가 말했다.

　철학자는 고개를 저었다.

　"저 울타리를 넘다가는 바지가 찢어질걸세."

　"그거야 다시 수선하면 되지." 화가가 말했다.

　"나는 뭐가 그렇게 재밌는지 꼭 가서 봐야 직성이 풀리겠네."

　"그렇게 보고 싶다면 자네나 가게. 나는 집으로 돌아가겠네."

그러고는 그들은 헤어졌다.

며칠후 철학자는 화가의 작업실을 방문했다. 작업실이라기보다는 그냥 평범한 방에 불과했으나 밝고 환기가 잘되는 곳이었다. 사실 그 방은 폐가의 맨 위층인데다 천장도 없었기 때문에 공기가 탁해질 수도 없었다. 화가는 오로지 침대 위에만 널빤지를 얹어 못을 박아두었다. 단잠 속에 찾아온 꿈이 비 때문에 방해를 받는 건 싫었기 때문이다.

"아무튼," 철학자가 물었다.

"자네 바지가 찢어지진 않았나?"

"오래전에 기웠다네." 화가가 신이 나서 대답했다.

"건너편으로 뛰어내릴 때 철사에 걸려서 그만……. 참, 그곳엔 작은 소녀 하나가 풀밭에 앉아 웃고 있었다네. 왜 그렇게 웃었는지 아나? 커다란 단풍나무에서 이파리가 하나 둘 떨어지고 있었는데, 그걸 보고 웃은 거라네."

"그게 무슨 웃을 일인지 모르겠군." 철학자가 동의할 수 없다는 듯 말했다.

"그건 정말 웃기는 나뭇잎들이었네. 큰 갈색 잎들인데 눈에 확 띄는 얼룩이 있었지. 게다가 이파리들은 마치 취한 새들처럼 허공에서 갈지자로 떨어졌다네. 내가 그림으로 그렸는데 한번 볼 텐가?"

화가는 빛이 제대로 비춰지도록 그림을 세웠고 철학자는 이마에 주름살을 그리면서 한참 그림 앞에 서 있었다.

"참 대단하군." 마침내 철학자가 말했다.

"아무도 사지 않을, 아무도 이해하지 못할 그림이야. 참 대단한 그림이네."

"이보게," 화가가 우쭐해서 말했다.

"내가 울타리를 기어오르지 않았다면 소녀를 보지 못했을걸세. 그리고 그 작은 소녀를 만나지 못했다면 이 아름다운 그림도 못 그렸을 게 아닌가."

"그거야 그렇지." 철학자가 대답했다.

"하지만 그게 무슨 소용이란 말인가?"

어느 비오는 날 철학자는 찌푸린 얼굴로 거리를 걷고 있었다. 도대체 써먹을 수가 없다는 이유로 출판사에서 원고를 퇴짜맞고 돌아오던 길이었다. 게다가 그는 몇주 동안 마른 빵에 순무 수프만을 먹어야 했다. 하지만 그것 때문만은 아니고 뭔가를 골똘히 생각하느라 그의 인상은 일그러져 있었다. 그는 제논(Xenon) 같은 고대 그리스 철학자가 마른 빵에 순무 수프만 먹고 살아야 한다면 어떻게 했을까를 깊이 생각했다.

그때 누군가 뒤에서 어깨를 툭 치는 동시에 익숙한 목소리가 들렸다.

"자네를 만나다니 반갑군. 참 좋은 날씨 아닌가?"

"좋다고?" 철학자가 물었다.

"삼일간이나 비가 쏟아졌는데 무슨… 게다가 나는 앞으로 집세를 어떻게 내야 할지 걱정이라네."

"그건 곧 해결될걸세." 화가는 즐겁게 대답했다.

"그리고 비에 대해 한마디 하자면, 나는 그게 아주 아름답다고 생각하네. 보게. 젖은 도로는 마치 은빛 거울처럼 반짝이고, 날이 어두워지면 빗방울은 금빛 실처럼 가로등 불빛을 뚫고 미끄러지듯 떨어질걸세. 그건 그렇고, 나에게 무슨 일이 있었는지 아나? 나한테 사랑하는 여인이 생겼다네."

"또 말인가?"

"이번에는 진짜라네." 화가가 대답했다.

"그녀는 세상에서 가장 아름다운 소녀라네."

"그렇군. 세상에서 가장 아름다운 소녀라… 그래, 그 소녀를 어떻게 알게 되었나?"

"내가 정원에서 만난 작은 소녀 아직 기억하고 있나?" 화가가 물었다.

"최근 그녀를 거리에서 다시 만났지. 그녀는 곧장 나에게 달려오더니 함께 놀아달라고 하더군. 나는 당장 할일도 없고 해서 함께 꼬끼오 놀이를 하고 놀았지."

"뭘 하고 놀았다고?" 철학자가 되물었다.

"꼬끼오 놀이 말이네." 화가가 다시 한번 말했다.

"아주 간단한 놀이라네. 내가 한쪽 다리를 들고 꼬끼오! 하고 소리를 지르면 소녀가 '너무 이른 시간이에요'라고 대답하지."

"그 다음엔?"

"그게 전부네."

"그게 다라고?"

"그렇다네. 우리는 정말 즐거웠다네. 그 작은 소녀의 큰언니가 점심을 먹으라고 부르는 바람에 아쉽긴 했지만……."

"아!" 철학자가 말했다.

"그러니까 그 큰언니가 세상에서 가장 아름다운 소녀인가?"

"그렇다네." 화가가 대답했다.

"우리는 서로 대화를 주고받았고 다음날 다시 만나기로 약속했다네. 그녀는 까만 눈에다 밤색 머리를 가졌고 입술은 잘 익은 버찌 색이었지. 그녀가 웃을 때면 뺨에 보조개 한쌍이 보였다네."

"대단하군." 철학자가 신중하게 말했다.

"자네는 사랑에 빠졌고 그녀는 세상에서 가장 아름다운 소녀라… 참 대단하네."

"이보게," 화가가 말했다.

"내가 만약 울타리를 넘지 않았다면 그 작은 소녀를 보지 못했을 것이고, 그 작은 소녀와 꼬끼오 놀이를 안했다면 세상에서 가장 아름다운 소녀도 만나지 못했을 거네."

"맞아, 그렇고말고." 철학자가 말했다.

"하지만 그게 무슨 소용이란 말인가?"

겨울이 되었다. 철학자는 오랫동안 밤낮없이 일했다. 그는 '인생의 헛됨에 대하여'라는 두꺼운 철학책을 썼고, 명언, 고전의 격언, 성서구절 등을 빌려와 이 세계에서 일어나는 일이 얼마나 헛된지를 12장에 걸쳐 설명했다. 이제 13장만 쓰면 되었는데, 철학자는 이 마지막 장에서 이성적이고 책임감있는 인간이라면 남에게 피해를 끼치지 않는 방법으로 삶을 끝내야 함을 강조하며 책을 마무리하고자 했다. 그런데 그때 머릿속에 화가가 떠올랐고, 왠지 그를 꼭 봐야 할 것 같은 생각에 화가를 찾아가보기로 결심했다.

화가는 작업실에서 모직외투에 몸을 깊숙이 파묻은 채 추위에 떨고 있었다. 천장을 함석판 한장으로 막아두긴 했지만 눈과 비가 여기저기에 스며들었고 틈새마다 바람이 쉭쉭 소리를 내며 파고들어왔다. 구석에 덜그럭거리는 난로가 있었으나 온기

한점 없이 연기만 피어올랐다.

"그리 따듯하지는 않지만," 화가는 말했다.

"그래도 머리 위에 천장은 있지 않은가. 게다가 신문을 보니 올 겨울은 춥지 않을 거라고 하더군."

"그림은 계속 그리고 있나?" 삐걱대는 의자에 앉으며 철학자가 물었다.

"나는 연필로 스케치만 하고 있네." 화가가 대답했다.

"물감 살 돈이 없어서 말이네. 다행히도 이제 겨울 아닌가. 이제부턴 세상의 반이 하얄 테니 검은 선만으로도 훌륭한 형상을 그려낼 수 있을 것이네."

"세상에서 제일 예쁘다는 그 소녀는?"

"그사이에 중앙우체국 감독관과 결혼했다네. 내가 어떻게 그녀를 먹여살리겠나? 그렇지 않나? 그래, 그건 좀 슬픈 일이었다네."

"이보게," 철학자는 그를 동정하면서 말했다.

"세상은 그렇게 돌아가는 것이네. 모든 것이 헛되지."

"나도 그때는 그렇게 생각했다네." 화가는 고개를 끄덕였다.

"그래서 강가의 큰 다리로 갔었네. 내 삶을 끝내려고 말이네. 어둡고 비가 오는 날이었네. 섬뜩하게 거대한 강철 버팀대 사이로 바람이 쉭쉭거리며 불어오더군. 나는 난간에 서서 눈물을 흘리며 아래를 내려다보았네. 마치 자기 침대에 누워 영원한 잠을 청하라는 듯 은회색의 큰 물결이 끊임없이 흘러가는 것을 보았네. 갈매기 한마리가 저 밑에서 이리저리 날더니 날개를 적시고는 다시 높이 솟구쳐 그 떨리는 날개를 바람에 기대고는 바로 내 코앞에서 갑자기 멈췄네. 그것 역시 굉장히 슬펐지.

그때였다네. 갑자기 가까이서 바이올린 소리가 들렸는데 놀랍게도 열 걸음도 못 미친 곳에서 눈먼 걸인이 바이올린을 켜고 있었다네. 그는 그 소리를 듣는 사람이 근처에 있는 줄은 모르는 것 같았네. 그만큼 연주에 몰두해 있었지. 연주가 너무나 형편없는데다 음까지 맞지 않아서 그가 닥치는 대로 현을 누르는 건지 아니면 제대로 된 곡을 연주하는 것인지조차 분간할 수 없었네. 나는 호기심이 일었지. 목숨을 버리기 직전인데도 이 늙은 걸인이 저렇게 열정적으로 연주하는 곡이 무엇인지가 궁금해지다니…….

그래서 그에게로 다가가 말했지.

'어르신, 무슨 곡인지 좋은 곡이로군요.' 그는 활을 놓더니 놀란 표정을 지었네.

'좋은 곡이에요.' 내가 다시 말했네.

'정말 훌륭하지, 그, 그렇지 않소?' 그는 흥분해서 말을 더듬거렸네.

'모차르트 곡에서 따온 모티브라오. 나 혼자 있을 때면 언제나 이 곡을 연주하지. 딱 일곱 곡뿐이오. 늘 일곱 곡.'

'일곱 곡뿐이라고요?' 내가 놀라서 물었네.

'하지만 모차르트의 다른 작품들도 많잖아요!'

'많지, 많아……' 그가 말했네.

'너무 많아서 그걸 헤아리다가 인간은 쭈그러들걸. 놀랍지 않소? 바다의 물방울만큼이나 그렇게 많은 곡들이 있건만 나는 이 일곱 곡만 있으면 행복해지니 말이오.'

그는 다시 악기를 집어들었네. 잠시 귀를 기울였지. 또 그 일곱 곡이었네. 게다가 바이올린은 끔찍하게 음이 맞지 않았지. 마침내 나는 마지막으로 가지고 있던 동전을 그의 모자에 던져주고 집으로 돌아왔네."

"자네는 이 춥고 초라하며 바람이 들이치는 축축한 다락방으로 다시 돌아왔군. 대단하네. 그래서 자네는 그 꼴로 여기 있는 것이로군. 아주 대단해."

"만약," 화가가 말했다.

"내가 울타리를 넘지 않았으면 나는 작은 소녀를 못 봤을걸세. 그 소녀를 못 만났다면 소녀의 언니와 사랑에 빠지지도 않았겠지. 그녀와 사랑에 빠지지 않았다면 강물에 빠지려고 하지도 않았을 거야. 강물에 뛰어들려고 하지 않았다면 그 눈먼 바이올린 연주자도 보지 못했을 거고, 그를 만나지 못했다면 나는 더이상……."

"이 초라한 집에 앉아 떨지도 않았겠지!" 철학자가 끼어들 었다.

"아니야." 화가가 진지하게 말했다.

"그런 게 아닐세. 그랬다면 나는 더이상 살아 있지 못했을 거야."

"살아 있다고?" 철학자는 물었고, 뭔가가 머릿속에 갑자기 떠오른 듯 의자에서 벌떡 일어서며 말했다.

"그렇지, 살아 있지."

철학자는 화가에게 다가가 손을 내밀었다.

"지금 가야겠네." 그는 서두르며 말했다.

"내 책에 새로 쓸 말이 떠올랐다네……."

붉은 부표 저편에

여러 추억거리들을 보관해놓은 내 책상서랍에는 어린 시절의 사진첩과 예전에 쓴 일기장, 시 습작노트 등이 들어 있습니다. 그리고 한켠으로 편지 한통이 놓여 있지요. 뜯지 않은 그 편지에는 우체국 소인이 찍혀 있는데, 그 날짜는 무려 20여년 전으로 거슬러 올라갑니다. 거기 적힌 주소는 열일곱살 무렵 조급하면서도 멋을 부린 필체로 내가 직접 쓴 것입니다. 나는 이미 누렇게 변한 편지 겉봉을 바라보면서 한번 뜯어볼까 말까 고민하곤 합니다. 그러나 항상 묘한 부끄러움이 생겨 편지를 뜯지 않은 채 다시 캄캄한 서랍에 집어넣지요. 나는 생각합니다. 만약 우월감에 가득 찬 낯선 성인 남자가 이 절망적인 젊은 시절의 증언을 읽고 비웃는다면 그 열일곱살짜리는 어떻게 받아들일까? 이미 성인이 된 그 남자는 분명히 나를 이해하지 못하겠지…….

해변 가판대 옆에는 내가 이따금 조용한 바다로 타고 나가는 보트가 있었습니다. 그 보트를 탈 때면 낮게 걸린 오후의 태양 아래 흔들리고 있을 붉은 부표를 넘어가지 않겠다고 고모와 약속을 해야 했습니다. 그 부표를 넘어갔다가는 우리 섬과 육지 사이를 엄청난 힘으로 가로지르는 조류에 휩쓸려 손써볼 틈도 없이 먼 바다로 밀려나 가라앉고 말 테니까요. 우리 섬의 어부들은 해협을 가로질러 그물을 놓을 때 이 조류를 이용합니다. 사람 머리만한 녹색 유리공을 먼 바다에 띄워 그 공이 거칠고 세찬 물결에 춤추는 것을 보고 조류를 알아채지요. 나는 시계를 봤습니다. 두 시간 후면, 어둠이 급습하면서 조류가 가장 거세질 것입니다.

나는 천천히 마을길을 걸었습니다. 길가에는 정원에 꽃을 심고 반지르르하게 담장을 친, 초가지붕을 얹은 붉은 농가들이 늘어서 있었습니다. 나는 모래언덕 가장자리까지 가서는 길을 벗어나 모래와 뾰족뾰족한 풀밭을 가로질러 광활하게 넘실거리는 모래사막으로 달려갔지요. 첫번째 언덕 꼭대기에 서서 히스가 자란 평평한 분지를 내려다보았습니다. 그 한가운데는 무덤의 흔적으로 보이는 거친 푯돌들이 놓여 있었습니다. 나는 손으로 그늘을 만들어 주변을 샅샅이 둘러보았습니다. 그러나 거기에 살아 있는 것이라고는 내 주변을 맴돌며 끼룩끼룩대는 큰 갈매기들밖에 없었습니다. 나는 푯돌에 주저앉아 손으로 머리를 괴었습니다.

이 시간쯤이면 그녀는 마치 약속이나 한 듯 그곳에 먼저 와 있었습니다. 오늘도 그녀가 올 것입니다. 나는 그녀를 만나야 했습니다. 그녀가 오지 않는다면, 도대체 뭘 어떻게 해야 할지 몰랐으니까요. 내 앞에서 오싹한 저녁바람이 바스락거리는 히스 위로 불어갔습니다. 갈매기들이 까만 점처럼 위아래로 움직이는 동쪽에서부터 음산하고 짙은 구름덩어리가 천천히 모래언덕 위로 솟아올랐습니다.

그때 갑자기 뒤에서 까르르 웃는 소리가 들렸습니다. 나는 벌떡 일어나 주위를 둘러보았습니다. 하지만 아무것도 보이지 않았습니다.

"리씨!"

나는 소리치며 웃음소리가 난 쪽으로 달려갔습니다.

히스 풀밭 한가운데 움푹 들어간 곳에서 푸른색 옷자락과 비죽 삐져나온 머리카락이 눈에 띄었습니다. 미소띤 붉은 얼굴이 히스 위로 솟아오르더니 벌떡 일어나며 소리쳤습니다.

"잡아볼 테면 잡아봐!"

그녀는 잽싸게 풀밭으로 뛰어갔습니다. 그러더니 잠시 멈춰 얼굴에 달라붙은 머리카락을 쓸어넘겼습니다. 내가 거의 쫓아 갔을 때 그녀는 다시 달렸습니다.

"기다려!" 나는 숨을 헐떡이며 그녀를 잡으려고 애썼습니다.

"너한테 할말이 있다고!"

"삶과 죽음?" 그녀는 드디어 멈춰 서며 물었습니다.

"그래!" 내가 소리질렀습니다.

그러나 거의 그녀의 치맛단을 붙잡으려는 순간 그녀는 크게 웃으며 다시 도망쳤습니다. 우리는 모래언덕까지 달렸습니다. 하지만 내가 꼭대기에 이르자, 그녀는 이미 다른편 골짜기로 내려가 있었습니다.

"나는 이미 삶과 죽음을 안다고!" 그녀가 소리쳤습니다.

"너는 좀 모자란 애인이지. 할 수 있으면 날 잡아봐!"

나는 모래언덕을 단숨에 뛰어내려 그녀의 발 아래 푹신푹신한 모래에 내려섰습니다. 그녀가 도망치기 전에 발을 붙잡아 내쪽으로 넘어뜨렸지요. 그래도 여전히 그녀는 웃고 있었습니다. 하지만 나는 얇은 옷 사이로 그녀의 탄탄하면서도 부드러운 몸을 느꼈고 상큼한 향기를 맡았습니다. 그녀의 입술은 붉은 나

비처럼 내 앞에서 이리저리 춤추고 있었지요. 나는 힘껏 그녀를 껴안고 입을 맞추었습니다. 그녀는 웃음을 멈추더니 뱀처럼 몸을 틀었습니다.

"그만해!" 그녀는 숨을 헐떡이며 말했습니다.

"안돼, 그만하라고!"

나는 갑자기 날카로운 통증을 느꼈습니다. 그녀가 내 손을 물었던 것입니다. 나는 그녀를 놓아주고 일어나 앉았습니다. 우리는 한동안 숨을 헉헉대며 그렇게 앉아 있었지요. 그녀는 치맛자락을 내리더니 머리의 모래를 털어냈습니다.

"넌 참 멍청해." 그녀는 나를 쳐다보지도 않고 말했습니다.

"네가 하는 짓은 어떻고?"

나는 이빨자국이 잘 보이도록 내 손을 그녀 눈앞에 내밀면서 말했습니다.

"그럼 어떻게 하라고?" 그녀가 말했습니다.

"네가 먼저 멍청하게 굴었잖아!"

"넌 나와 결혼하게 될 거야." 조금 있다가 나는 그렇게 말했습니다.

위쪽 모래언덕에서 기이한 금속성의 소리를 내는 바닷바람이 불어오더니 풀밭을 헤치고 지나갔습니다. 나는 그녀의 손을 잡았는데 그녀는 전혀 알아차리지 못하는 것 같았습니다.

"더는 못 참겠어. 우리는 결혼해야 해. 가능한 빨리!"

그녀는 손을 놓더니 모래로 몸을 던졌습니다.

"우린 너무 어려." 그녀가 말했습니다.

"이제 집에 돌아가자. 춥다." 그녀는 일어서서 옷의 모래를 털어내더니 천천히 모래언덕으로 올라갔습니다. 우리가 꼭대기에 올라섰을 때 나는 다시 한번 그녀의 손을 잡았습니다. 너무 흥분한 나머지 나는 말도 제대로 할 수 없었습니다.

"지금 허락하지 않으면 다시 못 만날 거야!"

"바보 같은 소리." 그녀는 조용히 손을 놓으면서 말했습니다.

"우린 아직 아이라고. 이리 와, 저 돌까지 누가 더 빨리 달리나 해보자."

그녀는 내 곁을 벗어나더니 비탈을 타고 또 뛰어내려갔습니다. 나는 언덕 위에서 그녀를 물끄러미 내려다봤지요. 내가 쫓아오지 않는 것을 알자 그녀는 멈춰 서서 소리쳤습니다.

"이리 와, 이 바보야!" 그러나 나는 고개를 저었습니다.

잿빛 구름덩어리는 이제 하늘 전체로 솟아올랐습니다. 나는 모래언덕 꼭대기에서 바닷가와 넓은 만, 그리고 차갑고 검푸른 색을 띤 채 흰 거품에 덮여 반짝거리는 바다를 바라보았습니다.

"어서 와!" 리씨가 소리쳤습니다.

"정신 좀 차리라고!"

"우린 다시 못 볼 거야." 나는 절망적으로 대답했습니다.

그녀는 몸을 돌리더니 높게 자란 히스 풀밭 너머로 가버렸습니다. 나는 그 푸른 옷이 모래사막 저편 언덕으로 사라질 때까지 그녀를 바라보았습니다. 꿈속인 듯 눈을 문질렀습니다. 그러자 이제 무엇을 해야 할지가 갑자기 명확해지는 듯했습니다.

그녀와 다시 마주치지 않으려고 나는 다른 길로 돌아서 마을로 갔습니다. 고모는 뒤켠 정원에 있었습니다. 나는 재빨리 방으로 들어가 종이에 몇줄의 글을 쓰고 편지를 봉해서는 우체통에 넣었습니다. 그 편지를 리씨의 집에 직접 갖다줄 수도 있었겠지만 그녀가 오늘밤 그것을 읽는 건 싫었습니다. 우편배달부는 내일 아침 일찍 편지를 배달할 테고 그때가 가장 좋은 때일 듯했습니다.

나는 까닭 모를 흥분에 휩싸인 채 보트를 끌고 바닷가로 향했습니다. 썰물은 이미 지나간 듯했습니다. 신발과 양말을 벗어서 풀밭 속에 넣어두고는 보트를 물에 밀어넣었습니다. 그러고는 바지를 걷어올리고 배와 나란히 한걸음을 내디뎠습니다. 그맘때쯤 물은 얼음장처럼 차가웠지요. 하지만 물속을 걸으면서는 물이 차가운지 따듯한지 전혀 신경이 쓰이지 않았습니다.

내가 올라타자 보트는 좌우로 흔들렸습니다. 작은 노를 힘차게 저어서 해변을 벗어났습니다. 바다는 낮게 찰싹거렸고 검푸른 바닥은 마치 흔들리는 유리창처럼 내 밑에 바싹 붙어 미끄러져갔습니다. 한기가 서린 바람이 희미한 수면에 물결을 일으켰습니다. 멀리 붉은 부표 저편에서는 흰 포말이 차갑고 캄캄한 물결 위로 빛나고 있었습니다. 아주 멀리 은회색 안개에 휩싸인 반대편 해안이 희미하게 보였습니다. 구름은 하늘 전체를 뒤덮었고 주변은 기묘한 정적에 휩싸였습니다. 주변에 들리는 소리라곤 노를 저을 때 보트의 모서리가 삐걱대는 소리와 바다가 규칙적으로 출렁이면서 철썩거리는 소리뿐이었습니다.

나는 주위를 한번 둘러보았습니다. 거기에는 마을과 집들이 검고 희미한 실루엣을 그리고 있었습니다. 몇몇 집에는 이미 불이 켜져 있었는데, 나에게 늘 위로를 주며 빛나던 따듯한 노란색 창문이 더이상 따듯하지도, 위로를 안겨주지도 않았습니다. 저기 어디쯤 작은 방에 있는 리씨는 나에게 벌어지는 일을 모르고 있을 것입니다. 그녀는 오늘도 다른 날처럼 잠을 잘 것이고 아침에 우편배달부가 오면 이 밤이 다른 밤과 같지 않았음을, 완전히 다른 밤이었음을 깨닫게 될 것입니다. 바로 내 앞에 붉은 부표가 있음을 알아채고는 나는 벌떡 일어섰습니다. 그것은 늘 그래왔듯이 파도 위에서 흔들렸고, 앞으로도 저렇게 흔들릴 것입니다. 썰물과 밀물의 그 영원한 반복에 따라, 바다의 오르내림에 따라 한결같이 출렁일 것입니다.

점점 나는 조류에 빨려들어가고 있었습니다. 도처에서 쏴쏴 소리가 났고 배가 흔들렸습니다. 나는 물살에 휩쓸리지 않으려고 더 힘차게 노를 저었습니다. 뒤를 돌아보았지만 더이상 부표는 보이지 않았습니다. 섬은 어스름 속으로 점점 희미해지고 있었습니다.

갑자기 뱃머리가 거대한 힘에 의해 제멋대로 쓸려갔습니다. 그 힘에 저항해보려 했지만 노를 저어서는 소용이 없었습니다. 어떤 떨림이 보트의 좁은 몸체를 부서뜨릴 듯 훑고 지나갔습니다. 나는 조류에 비스듬히 배를 돌려보려고 했지만 강한 흐름에 빨려들어 옆으로 밀려났습니다. 이제는 배가 전복되지 않도록 조류와 나란히 나가는 수밖에 없었습니다. 파도가 뒤쪽에서 밀려와 배 안까지 들이쳤고 나는 순식간에 완전히 젖어 반쯤 물에 잠겼습니다. 물이 배 안에서 이리저리 출렁거렸습니다. 내 앞쪽이 희미하게 밝아지면서 파도에 부딪히는 제방이 보였고 배는 곧장 그쪽으로 돌진하고 있었습니다. 다른 모든 소음을 집어삼키는 그 사나운 울부짖음은 점점 더 커졌습니다. 그리고 나는 피할 도리가 없음을 깨달았습니다. 육지에 있는 작은 것들에 비해 여기 있는 것들은 얼마나 거대한지!

차가운 어둠속에서 나에게 떠오른 첫번째 생각은 보트였습니다. 포말이 내 얼굴에 튀고 한순간 발밑에 바닥이 닿는 듯하더니 다시 곧 더 깊은 바다로 휩쓸려가는 동안 나는 근처에서 뭔가 빛나는 것을 발견하고는 붙잡았는데, 그것은 바로 노였습니다. 그리 멀지 않은 곳에서는 내가 앉아 있던 공기방석이 떠다녔습니다. 나는 그것도 붙잡았습니다. 그러나 더이상은 없었습니다. 배가 부서졌구나. 나는 생각했습니다. 이제 배를 다시 찾을 수는 없었습니다. 잠시후 나는 거친 급류를 타고 먼 바다로 밀려났고 아무도 나를 보지 못했으며 누구도 구하러 오지 않을 것이라는 생각에 이르렀습니다. 그와 동시에 차가운 물이 점점 더 옷과 피부로 스며들더니 근육을 얼음장 같은 느낌으로 움켜쥐었습니다. 그리고 불안이 엄습했습니다. 내가 얼마나 더 수영을 할 수 있을지, 그것이 소용이나 있을지! 조류가 엄청난 힘으로 육지도 없고 배도 없으며 의지할 곳도 없고 구조될 가능성도 없는 곳으로 나를 밀어내고 있었습니다.

나는 얼음처럼 차가운 물에서 노와 공기방석을 꼭 껴안고 있으려고 애썼습니다. 파도가 너무 높았기 때문에 어느 방향에서도 육지를 볼 수 없었습니다. 위에는 어둠을 내 위로 뿌리는 캄캄한 하늘이, 그리고 아래에는 나에게 부딪혀 철썩거리며 포말을 일으키는, 그래서 나를 밤의 어둠속으로 끌고 들어가는 바다가 있을 뿐이었습니다. 긴장한 채 입을 벌린데다 끊임없이 바닷물을 뒤집어쓰는 바람에 입에는 짠 맛이 배었고 눈이 따끔거렸습니다. 이렇게 죽나보다… 나는 그렇게 생각했습니다.

갑자기 노에 날카로운 충격이 가해져 노를 거의 놓칠 뻔했습니다. 그러고는 뭔가 단단한 것이 머리에 부딪혔습니다. 나는 노를 놓고 그것을 잡았습니다. 그것은 밧줄로 고정된 채 바다를 부유하는 머리 크기만한 유리공이었습니다. 바닷물은 밀려들었고 파도가 얼굴을 덮쳤습니다. 하지만 밧줄이 나를 고정시켜주었습니다. 이 밧줄을 쥐고 있는 한 더 멀리 휩쓸려갈 것 같지는 않았습니다. 그때 강한 조류와 바닷물의 냉기로 힘이 점점 빠지는 것이 느껴졌습니다. 팔로 수영을 할 수 없었기 때문에 머리가 자꾸 물밑으로 가라앉았습니다. 빠르게 숨을 들이마시느라 짠 바닷물을 더 많이 삼킬 수밖에 없었습니다. 결국 나는 잠시 손을 놓아야 했지요. 나는 다리를 허우적거려서 바지를 벗었습니다. 그러고는 공기방석을 턱으로 괴어 가슴 쪽으로 밀착시키고 물밑에서 벗은 바지를 휘감아 다리와 밧줄을 묶었습니다. 그건 성공적이어서 이제는 유리공도 가라앉지 않고 물밖으로 나왔습니다. 나는 자유로워진 손으로 공기방석을 셔츠 앞섶으로 밀어넣어 그 위로 단추를 채웠지요. 그건 구명조끼 같은 구실을 했습니다. 이제 나는 물 위에 누울 수 있었고 수영을 하느라 애쓸 필요도 없었습니다. 그사이 냉기는 점점 더 내 몸속으로 스며들었습니다. 내 팔과 다리는 천천히 생명없는 얼음조각처럼 딱딱해졌습니다. 그리고 목덜미를 콕콕 찌르는 규칙적인 통증과 배 쪽의 압박감으로 나는 마치 바다에 내던져진, 기묘하고 형태도 없이 완전히 부서진 나무조각처럼 떠 있었습니다.

밧줄이 느슨해지는 것으로 보아 썰물은 최고조를 지난 것 같았습니다. 그러나 내 처지가 달라진 것은 아니었습니다. 나는 바다에 누워 오로지 공기방석의 부력에만 의존했고, 의식은 점점 희미해져갔습니다. 물론 더 또렷해지는 것도 있었습니다. 나는 마치 꿈속에서처럼 뭔가 알 수 없는 것이 여전히 살아 있음을 느꼈습니다. 그것은 심장이며 폐, 혈관을 타고 도는 피였으며 우리가 전진한다는 사실만을 인식하는 무의식적인 생의 작업이었습니다. 갑자기 배의 모터가 내는 굉음이 들렸습니다. 어디선가 불빛이 번쩍 하더니 파도 위를 훑었고 한순간 내 앞의 유리공을 비췄습니다. 거친 목소리가 들렸고 쇠가 나무에 부딪히는 소리도 들렸습니다. 나는 소리를 질러보려 했지만 동시에 그럴 힘이 없다는 것을 깨닫고 포기하고 말았습니다. 잠시 뒤에 내 다리를 끄는 강한 힘이 느껴졌고, 그리 멀지 않은 곳에서 불빛이 마구 요동치기 시작하더니 아래로 기울어지는 듯했습니다. 다리를 끄는 힘은 점점 강해졌고 엄청난 힘으로 나를 물속으로, 모든 것을 집어삼키는 그 거대한 어둠으로 끌고 들어갔습니다…….

다시 깨어났을 때, 나는 침대에 누워 있었고, 고모가 나를 내려다보고 있었습니다. 나는 뭔가 말을 하려고 했지만 고모는 손가락을 내 입에 얹더니 의미심장하게 고개를 가로저었습니다. 나는 유순하게 눈을 감고 다시 잠으로 빠져들었습니다. 아주 심각한 폐렴을 이겨내는 중에 발생한 고열과 환각으로 잠시 깼을 뿐 잠은 꽤 오래 이어졌습니다. 하루종일 그렇게 반쯤 눈을 감은 채 침대에 누워 도대체 무슨 일이 일어난 것인지를 이해하려고 애썼습니다. 나는 이 사건의 원인이었던, 내가 리씨에게 쓴 그 편지가 분명히 전달되었으리라 짐작하고 몹시 부끄러웠습니다. 하지만 아무도 그것에 대해 말하지 않았고 그 말을 의도적으로 피하는 것 같다는 생각이 들어서 나조차도 말하기가 조심스러웠습니다. 다시 건강을 되찾고 방안을 걸을 수 있게 되자 나는 조심스럽게 고모에게 그것에 대해 물어봤습니다. 그런데 놀랍게도 고모는 리씨에게 들은 말이 없다고 했습니다. 그녀는, 우연히 그물에 발이 걸린 나를 바다에서 끌어올린 어부들이 그랬듯이, 내가 실수로 안전한 만에서 벗어나 불시에 조류에 휩쓸려간 것이라고 믿는 듯했습니다.

병석에서 일어나 처음 마을을 지나 산책을 나갔을 때 나는 리씨를 만났습니다. 그녀의 얼굴은 어딘지 달라져 있었습니다. 무엇이 달라진 것인지 몰랐지만 하여튼 그런 인상을 주었기 때문에 그녀가 안부를 묻는데도 나는 안절부절 못하면서 말도 제대로 꺼내지 못했습니다. 지나치게 사려깊고 신중해진 그녀가 나에게는 오히려 천진난만하고 바보처럼 느껴지기까지 했습니다. 우리는 나란히 거리를 따라 걸었습니다. 그녀의 집 앞에서 그녀는 멈춰 서서 웃었습니다.

"너한테 줄 것이 있어." 그녀는 그렇게 말하고는 사라졌습니다. 잠시후 그녀는 손에 편지 한통을 쥐고 다시 나타났습니다.

"우편배달부가 몇주 전에 가져왔더라. 난 뜯어보지 않았어." 그녀는 말했습니다.

"네가 쓴 거니?"

"………."

나는 그것을 받아들고는 얼른 주머니에 집어넣었습니다. 얼굴이 화끈 달아올라 금세 붉어졌습니다. 우리는 그 편지에 대해서는 더 말하지 않았습니다.

그후에도, 몇년 후에도, 리씨가 내 아내가 된 지금까지도.

두 시절의 만남

코리올라누스는 무심코 브레이크를 밟았습니다. 원래 그는 길
거리에서 사람을 태워본 적이 없었습니다. 하지만 날씨는 화창
했고 하늘은 푸르렀으며 흰 구름은 천천히 움직였습니다. 또한
온땅은 녹색으로 물들었고 꽃과 지붕과 얼룩무늬 암소들은 다채
로운 무늬를 만들고 있었습니다. 게다가 코리올라누스는 엄청난
계약을 성사시키고는 막 도시를 빠져나오는 중이었습니다.

그때 바람에 펄럭이는 푸른 목도리가 보였습니다. 배낭을 멘
젊은이 하나가 덤불에서 뛰어나오더니 그에게 손을 흔든 것입
니다. 젊은이의 왼손에는 화려한 꽃다발이 들려 있었습니다. 브

레이크를 밟자 그의 메르체데스가 멈췄습니다.

"멋진 차로군요! 정말 부드럽게 달리는데요!" 속도계가 다시 올라가자 젊은이가 말했습니다.

그는 배낭을 뒷자리에 놓더니 약간 엉거주춤하게 옆자리에 앉아서 눈을 크게 뜨고 펼쳐진 경치를 바라보았습니다. 꽃다발은 무릎 위에 놓여 있었지요. '양귀비로군, 붉게 빛나는 양귀비.' 코리올라누스는 생각했습니다. 그리고 그에게도 젊은 시절이 있었음을 약간 고통스럽게 기억해냈습니다. 그 역시 한때는 들에 나가 곧 시들어버릴 양귀비꽃을 모아 커다랗게 타오르는 꽃다발을 만들곤 했지요. 내일이면 시들고 말 꽃들을 가지고 말입니다. 그러나 젊은 시절에 누가 내일을 걱정하겠습니까. 오늘 열정을 채울 방 하나, 또는 까만 두 눈이 있으면 그만인 것을.

"어디로?" 코리올라누스가 물었습니다.

"모르겠습니다. 아무데나요."

"그러니까 목적지가?……."

"제 목적지는 밤입니다." 젊은이가 말했습니다.

"아," 코리올라누스는 탄식을 내뱉었습니다.

그는 두 손으로 운전대를 잡고 경직된 눈으로 정면을 바라보았습니다.

"30년 전에 내가 한 말과 똑같군요."

믿을 수 없다는 듯 자신을 바라보는 시선을 느끼며 코리올라누스는 계속 차를 몰았습니다.

어느날 남자는 아내와 집과 돈을 얻기 위해 작은 사업을 시작했습니다. 그러고는 아이가 생기자 더 큰 집과 더 많은 돈이 필요했죠. 그후에는 경쟁에서 이기기 위해 자동차가 필요했고 그 차를 유지하기 위한 더 큰 사업이 있어야 했죠. 또한 혼자서 여러 일을 다 할 수는 없기 때문에 직원이 필요했고, 그 직원에게 줄 더 많은 돈이 필요했습니다. 마침내 남자는 자기의 명망을 더 높여줄 메르체데스가 필요했고 그 메르체데스에 걸맞은 더 큰 사업과 더 많은 돈이 필요했습니다. 돈, 돈, 돈인 셈이죠!

그리고 남자는 값비싸고 푹신푹신한 메르체데스에 앉아서 불타는 야생 양귀비꽃 한다발을 보면서 스스로가 놀랍고 믿을 수 없으며 불쌍하다고 생각합니다. 그렇습니다, 불쌍하다고……. '양귀비꽃은 내일이면 시들 텐데. 양귀비는 넓은 들에서 누구나 꺾을 수 있는 흔한 것이지만 메르체데스를 타고 질주하면서 볼 수는 없는 것이지. 그러나 그것 역시 내일이면 시드는 것을.'

문득 코리올라누스는 그 젊은이가 팔을 흔드는 것을 알아차렸습니다.

"저기요!" 그 젊은이가 소리쳤습니다.

"내릴게요! 여기서 멈춰주세요."

그는 앞에 펼쳐진 계곡을 가리켰습니다. 거기에는 가지각색의 작은 집들과 하늘을 비추며 굽이치는 푸른 강이 있었습니다.

"그냥 지나치기에는 아름다운 곳이에요."

코리올라누스는 갑자기 심장이 요동치는 것을 느꼈습니다. 끽 소리를 내며 차가 멈췄습니다.

"여기!" 그는 그렇게 말하고는 돈가방을 꺼내 뒤적거렸습니다.

"젊은이, 여기 이 돈을 넣어두시오! 아마 당신은 그 돈으로 나보다 더 나은 시작을 할 수 있을 거요!"

젊은이는 어리둥절해하며 푸른 지폐를 바라보았습니다. 너무 혼란스러운 나머지 그는 이미 시들기 시작한 꽃다발을 차에 두고 내렸습니다.

"고맙습니다." 젊은이가 소리쳤습니다.

하지만 문은 이미 닫혔고 메르체데스는 낮게 웅웅거리면서 움직이기 시작했습니다.

젊은이는 양귀비꽃 들판에서 손에 돈다발을 쥐고 서 있었습니다. 그러고는 조심스레 돈을 접어서 주머니에 넣었습니다. 그는 지금까지 그런 지폐를 한번도 만져본 적이 없었습니다. 그는 언젠가 보잘것없는 돈을 넣어둔 계좌에다 그 돈을 입금하리라

마음먹었습니다. 그러고는 생각했습니다.

'어느날, 나도 아내를 얻고 집을 사고 작은 사업을 시작하게 되겠지. 아기가 생기고, 비서가 생기고, 멋진 메르체데스가…….'

양귀비

우리가 야콥슨 씨네 농장에서 축구를 하고 있을 때 나는 꽃잎 네 장에서 눈부신 빛을 내뿜는 굉장히 크고 아름다운 양귀비를 발견했습니다. 정말 위협적이라고 할 만한 빛이었지요. 경기가 끝난 뒤에 그 꽃을 꺾었습니다. 꽃을 매우 좋아하시는 어머니께 드려야겠다고 생각했죠. 그러나 에밀이 그것을 보더니 아이들에게 소리쳤습니다.

"저기 봐, 페터가 엄마한테 꽃을 바치려나봐!"

그가 엄마라는 단어를 고상한 체하는 목소리로 꾸며냈기 때문에 모두들 웃었습니다. 나는 얼굴이 빨개져서 꽃을 등 뒤로 감췄습니다.

"그게 아니야!" 나는 소리쳤습니다.

"그건 우리 토끼한테 줄 거야!"

"너희 집 토끼는 양귀비도 먹니?" 에밀이 물었습니다.

"그래," 내가 대답했습니다.

"제일 잘 먹어. 그런데 너 그렇게 까불다 한대 맞는다."

돌아오는 길에는 양귀비를 윗도리 속에 숨겨왔습니다. 아주 늦게야 나는 집에 도착했습니다. 어머니가 문에 서서 기다리고 있었죠.

"야콥슨 씨네 일꾼이 마차 닦는 걸 도와줬어요." 내가 말했습니다.

어머니는 나를 책망하는 눈빛으로 바라봤습니다.

"넌 반젠 씨 이웃집 유리창도 날려버렸더구나."

"그건 일부러 그런 게 아니에요." 내가 말했습니다.

"그렇지만 너도 알다시피 우린 돈도 없는데 그집 유리창값을 물어줘야 한단다." 어머니가 책망하듯 말했습니다.

"어서 저녁 먹고 들어가 자렴."

그날 나는 꽃을 드리기가 무안했습니다. 내가 유리창을 깼기 때문에 그러는 것처럼 보였을 테니까요.

아주 한참 뒤에 그 양귀비가 내 기억 속에 떠올랐습니다. 그건 내가 기능공 시험에 합격했을 때였습니다. 나는 3년 만에 다시 집으로 돌아가는 기차에 앉아 있었습니다. 그 전날엔 기대에 들떠 한숨도 잠을 이루지 못했지요. 내가 그 작은 정원 문에 들어서서 아무렇지도 않게 '여기 나 왔어요'라고 말할 때 어머니가 기뻐하시는 모습을 상상했습니다. 어머니가 내 성적표를 보고 당신 아들이 합격생 중에서도 최우수자임을 확인하며 우쭐해하시는 모습도 떠올랐습니다.

열차는 늦게 출발했고 모든 역에서 원래 예정된 시간보다 훨씬 오래 정차했습니다. 나는 창밖으로 들판과 나무들, 그리고 얼룩무늬 소들과 무늬없는 소들이 스쳐지나가는 것을 초조하게 내다보았습니다.

그러고는 가방에서 성적표를 꺼내 다시 한번 살펴보았습니다. 그 첫 페이지를 펼쳤을 때, 양귀비꽃이 툭 바닥으로 떨어졌습니다. 꽃이 어떻게 거기 끼여 있었는지 알 수 없었지만 이미 색은 누렇게 변해 있었고 평평하게 눌린 꽃잎은 세 장만 남아 있었습니다. 나는 꽃잎을 한동안 물끄러미 바라보다가 다시 가방에 집어넣으며 생각했습니다. 어머니는 아직도 양귀비꽃을 좋아하시겠지.

우리 집은 전보다 훨씬 작게 느껴졌습니다. 내가 문으로 들어설 때는 머리를 부딪히지 않게 몸을 구부려야만 할 것 같았습니다. 마침내 어머니가 나왔을 때, 그녀가 내 어깨까지밖에 오지 않아 깜짝 놀랐습니다. 어머니는 환한 눈으로 내 손을 한참 동안이나 잡고 있었고 배가 고프지 않은지, 팬케이크가 먹고 싶지 않은지 물었습니다. 거실에 들어갈 때 나는 몸을 똑바로 펴지 못했고 의자는 너무 약해 보여서 앉기가 걱정스러울 정도였습니다. 사실 나는 배가 하나도 고프지 않았지만 한입 한입 먹는 모습을 뚫어지게 바라보는 어머니의 기쁨을 망칠 수 없어 팬케이크를 남김없이 다 먹었습니다.

식사후에 나는 어머니께 성적표를 보여드렸고, 그녀는 자랑스러움에 어쩔 줄을 몰랐습니다.

"우리 아들이 정말 똑똑하구나!"

실은 내가 그리 똑똑한 학생은 아니었기 때문에 솔직히 좀 멋쩍었습니다. 그건 순전히 다른 학생들이 나보다 못한 덕분일 뿐이었으니까요.

이제 가방에서 양귀비꽃을 꺼내기만 하면 되었습니다. 그건 내가 항상 어머니께 드리고 싶어하던 것이었으니까요. 하지만 나는 정말 부끄러웠고, 내 행동이 우스꽝스러워 보일 것만 같아 여전히 망설이기만 했습니다. 그런데 그때 마침 아버지가 일터에서 돌아오셨습니다. 아버지는 내 어깨를 치더니 악수를 청하셨습니다. 나는 도시에서 겪은 일을 낱낱이 아버지께 말씀해드

려야 했지요. 잠자리에 들 때쯤엔 양귀비 따위는 더이상 생각나
지도 않았습니다.

전쟁중에 나는 병사로 프랑스에 가게 되었습니다. 햇빛이 내
리쬐는 8월의 오후였지요. 나는 큰 농장 앞의 연대사령부에 머
물고 있었습니다. 원래 나는 중대 통신병이었지요. 내 무선장
비는 송신기와 부속품으로 돼 있었는데 며칠전 부속품을 나르
던 동료 하나가 수류탄에 맞으면서 기기마저 망가져버려 나는
더이상 장비를 맡을 수 없게 되었습니다. 그것이 내가 사령부로
오게 된 이유였습니다.

우리는 영국군과 프랑스군에 포위되어 있었고 그 포위벽을
뚫고나갈 방법은 거의 없었습니다. 대포가 내는 둔중한 굉음
과 소총의 탁탁거리는 쇳소리만 들렸습니다. 3주 동안이나 씻
을 여유가 없었기 때문에 나는 샘가에서 몸을 씻으려고 장비를
구석에 두었습니다. 그곳에는 젊은 병사 둘이 앉아 있었습니다.
하나는 손에, 그리고 다른 하나는 머리에 붕대를 감고 있었는데
둘 다 엄청난 고통을 느끼는 듯했습니다.

몸을 씻고 머리를 빗은 후에 나는 연대장에게 갔습니다. 안색
이 붉은 그는 사령부 입구를 이러저리 걷고 있었습니다.

"자네는 여기 머물게." 그가 말했습니다.

"이제 곧 진지를 방어할 사람이 필요할 거야."

"네, 연대장님!" 나는 그렇게 말하고 차렷 자세를 취했습니다.

그는 등을 돌려 다시 가버렸습니다. 이따금 날카로운 소리를 내며 포탄 하나가 푸른 하늘을 가로질러 농가 너머로 날아갔고, 멀리서 둔중한 폭발음이 들렸습니다.

그때 갑자기 군의관 하나가 병사들 쪽으로 다가왔습니다. 그는 구급차를 타고 적진을 뚫고 지나갈 예정인데 친척들에게 보낼 편지를 주면 전해주겠다고 말했습니다.

그래서 나도 종이 한장을 꺼내 호두나무 아래 앉았습니다. 저녁이 다가오고 있었고 부드러운 안개의 장막 너머 지평선 위로는 태양이 흐릿하게 빛나고 있었습니다. 멀리 사방에서 전선의 폭격음이 들렸지만 농가 근방에는 산발적인 포격소리만 울렸습니다.

만약 내가 전사했다는 소식을 들으면 어머니는 뭐라고 생각하실까? 그런 상상을 하니 나는 너무나 슬픈 나머지 무엇을 써야 할지 몰랐습니다. 그래서 오랫동안 앉아서 골똘히 생각했습니다. 이따금 나는 풀밭에서 호두를 주워 돌로 깼습니다. 호두에서는 차갑고 부드러운 맛이 났습니다. 그게 내 인생에 마지막 맛보는 호두일지도 모른다는 예감이 들어서 아주 천천히 그것을 먹었습니다. 사람들은 나를 어디에 묻을까? 나는 생각했습니다. 내 무덤에도 꽃이 자랄까? 붉은 꽃이?……. 바로 그때 내가 어머니께 드리려 했던 양귀비꽃이 떠올랐습니다. 나는 가방에서 병사노트를 꺼냈고 거기에서 평평하게 눌린, 완전히 변색되고 너덜너덜해져 이제 두 장밖에 남지 않은 꽃잎을 발견했습니다. 나는 조심스럽게 꽃잎을 꺼내서 편지봉투에 넣었습니다. 그러고는 봉투를 봉하고 주소를 적었습니다. 어머니는 분명히 나의 마음을 알아차리실 거라고 믿으면서…….

그때 갑자기 근처에서 엄청난 폭발음이 들렸습니다. 나는 두려움에 휩싸여 바닥에 납작하게 엎드렸지요. 곧 지옥 같은 광경이 펼쳐졌습니다. 꽝 하는 소리와 함께 휘날리는 먼지로 하늘이 캄캄해졌습니다. 돌과 잡동사니들이 후드득거리며 사방을 덮쳤고 나는 찌르는 듯한 통증을 느꼈습니다.

그후로도 오랜 시간이 지나서야 다시 양귀비꽃을 기억하게 되었습니다. 나는 전쟁포로가 되었다가 풀려나 기능장 자격시험을 치렀고 결혼하여 도시로 이사를 갔습니다. 귀여운 자녀 둘을 얻으면서부터는 아직 시골집에 계신 부모님 생각은 잘 하지 않게 되었습니다.

어느날 아내가 말했습니다.

"일요일이 당신 어머님 생신이에요, 선물은 준비했죠?" 나는 그 날짜를 까맣게 잊고 있었기 때문에 깜짝 놀랐습니다.

"어머니가 뭘 제일 좋아하실까?" 내가 물었습니다.

"꽃다발? 아니야, 잠시만 기다려봐."

나는 방으로 달려가 오래된 노트와 편지를 찾아냈습니다. 그러고는 갈피를 일일이 뒤져서 마침내 양귀비꽃을 발견했습니다. 나는 조심스레 그것을 봉투에서 꺼내 아내에게 보여줬습니다.

"이걸 선물할 거야." 내가 말했습니다. 아내는 놀란 눈으로 나를 바라보았습니다.

"하지만 그건 달랑 꽃잎 한 장인데다 곰팡내가 나는걸요."

"그래." 나는 붉어진 얼굴로 말했습니다.

"당신 말이 맞아. 이젠 너무 늦었지."

그러고는 슬픈 마음으로 그 작은 양귀비꽃을 다시 봉투에 담았습니다.

그리고 몇해가 지났습니다. 아이들은 무럭무럭 자라서 이제는 큰아이가 도제시험에 합격했습니다. 그 무렵 어느날 나는 검은 양복을 입고 고향으로 내려가야만 했습니다. 아내와 나, 그리고 이제는 누군지조차 모르는 사람들이 천천히 검은 차 뒤를 따랐습니다. 우리는 검은 구덩이 주변에 모였고 목사님은 긴 설교를 했습니다. 여자 몇몇이 우는 소리가 들렸습니다. 나 역시 손수건을 꺼내려는 순간, 가방 안에 든 빛바랜 편지봉투에서 잿빛 꽃잎 줄기가 바닥으로 떨어졌습니다. 나는 허리를 굽혀 그것을 집어 들었습니다. 그 줄기에는 마지막 꽃잎이 붙어 있었습니다.

첫삽의 흙이 관 위로 덜커덩 하며 떨어졌습니다. 나는 서둘러 무덤으로 가서 그 꽃잎을 던졌습니다. 다음 삽의 흙이 그 꽃을 덮어버렸습니다.

꽃은 얼마나 빨리 시드는지. 나는 생각했습니다. 내가 야콥슨 씨 농장에서 저 꽃을 꺾은 게 바로 어제 아니었던가.

그가 돌아왔다

프리슬란트 사람들은 북해 연안에 삽니다. 일부는 육지에, 일
부는 큰 섬에, 다른 일부는 암룸(독일 북해 지역의 섬—옮긴이)에
살지요. 인케와 아네, 슈티네미 세 자매는 암룸에 삽니다.

　프리슬란트 사람들은 노래를 즐겨하지 않고 오히려 노래하는
사람을 비웃지요. 대신 그들은 최신 유행에 따라 옷을 입으며
마을 축제 때는 부기우기 같은 격렬한 춤을 춥니다. 프리슬란트
사람들은 유쾌한 민족이기 때문이지요. 그들은 삶을 즐기고, 진
취적 기상으로 넘치며, 짧은 시간 안에 많은 돈을 버는 사업가
적 기질을 뽐내기도 합니다.

　이처럼 사업가적 기질이 있는 사람들은 미국으로 갑니다. 그

들이 미국에 도착하면 맨 먼저 삼촌을 찾아가죠. 왜냐하면 진정한 프리슬란트 사람이라면 미국에 삼촌 하나쯤은 있기 때문입니다. 아니면 고모나 적어도 형 하나라도 있게 마련인데, 아무튼 뭔가 중간에 착오가 없다면 삼촌은 꼭 미국에 있습니다. 그러나 그들이 미국으로 떠난 후에 무슨 일이 있는지는 알려지지 않습니다. 삼촌을 방문한 이후에는 깜깜 무소식이기 때문입니다. 아주 괜찮은 경우가 2년에 한번씩 자유의 여신상이나 엠파이어 스테이트 빌딩을 담은 사진엽서가 오는 것입니다. 그밖에는 아무 소식도 없지요. 어느날 그들이 다시 나타나기 전까지는 그렇습니다. 그들은 노란 구두와 비단 셔츠를 걸치고 목에 모자를 건 채 굵직한 시가를 물고 나타나서는 여기저기서 푸른 지폐 다발을 꺼냅니다. 부자가 된 것이죠.

그래요, 셰트는 멋진 녀석이었죠. 그는 온동네에 소문을 내려고 그의 미끈한 승용차를 자기 초가집 닭장 옆에 세웠습니다. 그러자 닭들이 세차게 날개를 푸드덕거렸고, 그가 돌아왔다는 소식은 마을 전체에 쫙 퍼졌습니다.

"셰트가 돌아왔대!"

그리고 몇시간 지나지 않아 모든 사람들이 그에 관한 소식을 알게 되었습니다.

"셰트가 미국에서 돌아왔어요. 부자가 됐대요. 한 달 후에 다시 떠나는데 혼자 갈 게 아니래요. 마을에서 누군가를 데려갈 거래요. 그러니까, 프리슬란트 여자랑 결혼하러 온 거래요."

"뻔뻔스럽군." 인케가 말했습니다.

"결혼을 그렇게 생각하다니 말이야!"

"부자라고 하면 우리가 달려갈 줄 알았나봐!" 아네가 말했습니다.

하지만 슈티네미는 아무말도 하지 않았습니다. 그녀는 제일 어린데다가 늘 언니들의 의견을 따르는 편이었기 때문입니다.

"그 녀석한테 마음을 줘선 안된다, 슈티네미!" 언니들이 동시에 말했습니다.

"그는 별볼일없는데다 버릇없는 남자야. 게다가 넌 그런 일에 어울리지 않을 나이지."

그런데 소문이 바람처럼 이집 저집을 통해 온마을로 퍼져나간 것을 확인하자 셰트는 원래의 목적에는 별반 신경을 쓰지 않은 채 셔츠 바람으로 나무를 쪼개거나 닭장을 수리하는 일로 소일하며 지냈습니다. 이따금 그의 크고 미끈한 차가 마을길을 질주하는 바람에 구정물이 치솟고 닭들이 혼비백산 흩어지곤 하는 일이 전부였지요.

그의 집에는 늦게까지 불이 꺼지지 않았고, 종종 그의 가족들이 근처 목로주점에서 크고 작은 술판을 벌이기도 했습니다. 그런 날에는 웃음소리며 여자들의 가는 목소리와 남자들의 굵은 목소리가 늦은 밤까지 이어졌습니다.

또한 셰트는 이따금 이웃들과 부모님의 친구들, 그리고 학창 시절의 죽마고우들을 방문했습니다. 결국 그는 인케와 아네, 슈티네미의 집에도 들르게 되었고, 럼주차를 대접받고 그집 부친에게 담배를 선물로 드렸습니다. 또한 그는 처녀들과 몇마디 이야기도 나누었습니다. 그러나 아무리 봐도 그녀들 중 누구에게 환심을 사려고 애쓰는 눈치는 없었습니다.

"뻔뻔스러운 놈!" 인케가 말했습니다.

"우리가 꽁무니를 따라다니다 무릎을 꿇고 '셰트, 나를 제발 미국으로 데려가줘요'라고 간청할 줄 알았나봐."

"게다가 술에 취하기까지 했다고!" 아네가 말했습니다.

"엄청 불쾌한 술냄새가 나더라니까."

"그는 결혼할 맘이 없는 것 같아요." 슈티네미가 말했습니다.

"마을에 헛소문이 돈 게 아닐까요?"

"바보 같은 소리!" 두 자매가 그녀의 말을 가로막았습니다.

"그는 정말 거만한 녀석이야. 우리가 달려들기를 바라는 거라고."

이상하게도 셰트는 며칠후에 다시 그 집에 찾아왔습니다. 이번에도 럼주차를 대접받고 부친에게 담배를 선물하더니 교회 가기를 꺼려하는 요즘 젊은이들에 대해서 근심스럽게 이야기를 나누었습니다. 그 이야기는 한 시간이 넘게 이어졌는데, 그도 그럴 것이 그집 가장은 교회 장로였던 것입니다.

그는 돌아가기 전에 이번에도 처녀들과 이야기를 나누었습니다. 하지만 아무리 살펴봐도 그가 한 말에서 결혼에 대한 어떤 암시를 끌어낼 수는 없었습니다. 당연히 마을에는 그가 두 번이나 장로 댁을 방문했다는 소식이 퍼졌고, 곧 약혼식이 있을 거라는 소문이 돌았습니다. 하지만 세 자매 중 누가 선택된 것인지를 두고는 의견이 분분했지요. 누구는 인케를, 다른 사람은 아네를, 또다른 몇몇은 슈티네미를 지목했습니다. 세 자매는 의문에 휩싸였습니다.

"그 녀석이 무슨 생각을 하는지 모르겠군!" 인케가 말했습니다.

"온마을에 소문이 파다해졌어!"

"난 그의 청혼을 거절할 거야. 다들 그렇겠지?" 아네가 말했습니다.

"하지만 그는 아직 아무한테도 청혼을 안한걸요." 슈티네미가 말했습니다.

그러자 두 자매는 한심하다는 듯이 막내를 바라봤습니다.

"너, 아직도 이해를 못하는구나." 두 자매는 이구동성으로 동생을 나무랐지요.

그녀들이 옳은 것처럼 보였습니다. 셰트가 다시 나타나기까지 시간이 그리 오래 걸리지는 않았으니까요. 이번에는 오후에 잠깐 방문했고, 대부분의 시간을 그집 부친과 함께 보냈습니다. 럼주를 넣은 차 대신 커피를 마셨고, 이번에는 아버지를 위해서 버지니아산이 아닌 하바나산 담배를 가져왔습니다. 방에 있던 처녀들에게는 눈길도 주지 않는 것 같았습니다. 하지만 떠나기 전 몇분 동안 그는 그녀들과 이야기를 했습니다. 미국은 넓은 땅이며 볼 것이 많다는 것이었죠. 그리고 이 작은 섬을 떠나볼 생각은 없느냐고 물었습니다.

"미국이라고요!" 인케가 열광하며 말했습니다.

"거긴 엄청난 기회의 땅이죠! 마천루와 자동차들! 거기서 삶은 새롭게 시작된다죠!"

"뱃길이 멀지만 않다면 좋을 텐데!" 아네가 탄식하며 말했습니다.

"저는 뱃멀미가 좀 두렵거든요."

"그렇게 뻔뻔할 수가!" 그가 돌아간 후 인케가 말했습니다.

"미국이라는 말로 우리를 홀딱 넘어가게 할 수 있다고 생각했나봐!"

며칠후에 그의 미끈한 자동차가 집앞에 나타났습니다. 슈티네미는 아버지와 함께 육지로 나가 있어서 인케와 아네가 그를 대접했습니다.

"아버지가 집에 안 계셔서 럼주차를 드릴 수가 없네요. 럼주를 따로 숨겨두고 드시거든요."

"상관없습니다. 방에 틀어박혀 있기에는 너무 좋은 날씨군요." 셰트가 모자를 손에 들고 말했습니다.

그는 자기 차를 타볼 생각은 없느냐고 물었습니다. 함께 드라이브를 하고 싶다는 말이었죠. 그녀들은 좋아하면서 기꺼이 승낙했습니다.

"슈티네미 양은 나중에 따로 한번 태워드릴게요." 셰트가 문을 열어주며 말했습니다.

"그녀가 상심하면 안되니까요."

그들이 돌아왔을 때 슈티네미는 이미 집에 와 있었습니다.

"이번에는 그가 뭐라고 하던가요?" 그녀가 말했습니다.

"네 흥미를 끌 만한 말은 없었어." 아네가 짧게 대답했습니다.

"그녀가 상심하면 안되니까요." 인케가 셰트의 목소리를 흉내내자 그 둘은 속삭이며 웃었습니다.

그러고는 크리스마스가 다가왔습니다. 일주일 동안 셰트에게선 아무 소식이 없었습니다.

"완전히 술에 절어 있는 게 분명해." 인케가 말했습니다.

"맞아." 아네가 말했습니다.

"그에게 정말 어울리는 일이지."

크리스마스와 새해 사이에 셰트는 그전에 했던 약속을 지켰습니다. 슈티네미가 이웃마을 아주머니 댁을 방문했다가 돌아오는 길을 그는 차로 따라잡았습니다. 그는 브레이크를 밟았고, 그녀에게 타라고 말했습니다. 그는 그녀를 집앞까지 데려다주었습니다.

"네가 그와 깊이 사귀지 말았으면 좋겠어." 인케가 말했습니다.

슈티네미는 그녀를 이해하기 어렵다는 듯 바라봤습니다. 그러고는 고개를 흔들었습니다.

"너는 가능한 그를 피하는 게 좋아. 그는 아주 위험한 남자라고. 안 그래, 아네?"

"정말 믿지 못할 남자야." 아네는 여동생을 의미심장한 눈으로 바라보며 말했습니다. 슈티네미는 말없이 있다가 곧 침실로 향했습니다.

프리슬란트 사람들의 새해 축제에는 특별한 이벤트가 있습니다. 며칠전부터 젊은이들은 눈에 띄게 화려한 옷과 가면을 준비하기 시작하지요. 몇몇은 종이테이프로 추한 악마의 얼굴을 만들기도 합니다. 그렇게 변장한 그들은 이른바 '훌크잉'이라고 불리는 12월 31일 밤에 이집 지집을 돌아다니면서 못된 장난을 하거나 꾸며낸 목소리로 남들에게 뻔뻔스러운 욕을 합니다. 그러나 이런 행동을 누가 하는지도 모르고 그래서 보복의 염려도 없었기 때문에 누구나 이날 행해진 장난에 대해서는 태연하게 웃고 넘겼습니다.

인케, 아네, 그리고 슈티네미는 훌크잉을 위해 기가 막히게 재미있는 일을 생각해냈습니다. 그들 셋은 모두 똑같은 옷을 입었고 실크스타킹을 머리에 뒤집어썼습니다. 이렇게 하면 사람들은 우리를 분간하지 못하고 같은 사람이 여러 곳에 나타나는 줄 알고 깜짝 놀라겠지. 세 자매는 무척 즐거워했고 다들 우쭐해하며 축제의 대미를 장식할 가장무도회가 열리는 마을 농장에 밤 늦게 도착했습니다.

물론 셰트도 무도회에 있었습니다. 그는 얼굴에 검은 수염을 붙이고 알록달록한 얼룩을 그려 넣었습니다. 하지만 그의 변장은 변변치 못해서 사람들은 쉽게 그임을 알아챘지요.

변장한 처녀 셋이 들어오는 것을 보자 그는 반쯤 마시던 술을 테이블에 내려놓고 그들 쪽으로 다가갔습니다. 그는 몸을 숙여 인사하고 이쪽저쪽을 의심스레 쳐다보다가 첫번째 여자에게 춤을 청했습니다.

"엄청나게 덥군요!" 그가 원을 돌면서 말했습니다.

가면을 쓴 여자는 고개를 끄덕였지요. 그들은 잠시 입을 다물고 춤을 추었습니다.

"견디기 힘드네요!" 그가 이마에 맺힌 땀을 닦아내며 말했습니다.

"우리가 춤을 너무 빨리 추나봐요." 가면 속 여자가 말했습니다.

그들은 더 천천히 춤을 추었고 한동안은 좀 나아진 듯이 보였습니다. 하지만 두번째 춤곡은 빠른 포크 댄스였고 셰트는 비오듯 땀을 흘렸습니다.

"안됐군요." 가면 여자가 말했습니다.

"신선한 공기를 좀 쐬러 가지 않겠어요?"

"제가 청하려던 바입니다." 셰트는 그녀의 허리에 손을 얹고 인도하면서 말했습니다.

"나는 당신이 누군지 알겠어요."

"어떻게 나를 안다는 말이죠?" 가면 여자가 그에게 몸을 기대면서 말했습니다.

"당신의 목소리와 사랑스러운 걸음걸이. 그걸 어떻게 모르겠어요?"

146

"아, 셰트." 가면 여자가 팔을 그의 목에 두르며 말했습니다. "내가 얼마나 이 순간을 기다렸는데요!"

"내가 더 기다렸을걸요!" 셰트가 말했습니다.

"내일 우리는 약혼식을 갖고, 2주 후에는, 사랑하는 슈티네미······."

갑자기 부드러운 팔이 그의 목에서 풀리더니 여자는 실망감을 감추지 못한 딱딱한 목소리로 씩씩거리며 외쳤습니다.

"슈티네미라고? 슈티네미 같은 소리 하시네!"

그러고는 그의 오른쪽 뺨을 후려쳤는데, 그것이 그날 밤 셰트가 얻어맞은 첫번째 따귀가 되었습니다. 가면 여자는 어둠속으로 사라졌고 그는 혼자 무도장으로 돌아왔습니다.

술을 여러 잔 들이켠 후에 그는 다음 여자에게 춤을 신청했습니다. 그동안에 밤은 깊어져 사람들이 격렬한 부기우기를 추기 시작했기 때문에 그는 몇분 지나지 않아 또다시 파트너와 바람을 쐬러 나가야 했습니다. 거기서 일어난 일은 대충 짐작이 되겠지요. 그는 이번에도 파트너 없이 혼자 무도회장으로 돌아와 왼쪽 뺨을 문지르는 것이었습니다. 그는 한참을 테이블 앞에 서 있더니 마침내 세 여자 중 마지막 여자에게 춤을 신청했습니다.

그때는 꽤 늦은 시간이라 부기우기보다 훨씬 더 격렬한 춤이 이어졌는데도 그는 땀을 흘리지 않았고 바람을 쐬러 나가지도 않았습니다. 오히려 그들은 신나게 춤을 즐기는 듯 보였고, 결국 끝까지 남았습니다.

"지금 무슨 짓을 하고 있는지 알겠니?" 다음날 아침 슈티네미가 그들의 약혼 소식을 알리자 인케가 말했습니다.

"난 너한테 이미 경고했으니 이제 어떤 변명도 사양하겠어."

"네가 인생을 망치는 일에 누구도 끼어들 수는 없어." 아네가 탄식하며 말했습니다.

"하지만 생각만 해도 내 마음은 찢어지는구나."

"벌써 그가 왔네요!" 슈티네미는 그렇게 말하고 방금 문에 들어선 셰트의 목을 끌어안았습니다.

"가련한 셰트," 그녀는 다른 두 자매를 장난스럽게 바라보면서 말했습니다.

"어제 저녁 당신은 그 모든 수모를 참아냈군요." 그러고는 그의 두 볼에 깍듯이 키스를 해주었습니다.

이 이야기는 되풀이할 때마다 대성공을 거두곤 합니다. 프리슬란트 사람들은 노래를 즐겨하지 않습니다. 하지만 그곳 사람들은 웃음을 더 좋아하지요.

렴주차

프리슬란트 사람들은 차를 즐겨 마시며 럼주도 또한 좋아한다. 하지만 그들이 제일 좋아하는 것은 차에 럼주를 곁들인 럼주차다. 키가 큰 보이 엡센(Boie Yepsen) 역시 럼주차를 제일 좋아한다. 그도 프리슬란트 사람이니까……

썰물과 밀물은 달의 인력에 따라 생기며 보름달과 초승달이 뜰 때 바다가 가장 높아진다. 암룸과 푀어 사이, 더 정확하게는 노르트도르프와 우터줌 사이에는 모래톱 길이 있다. 하지만 밀물 때 암룸과 푀어 사이는 바다가 된다. 그냥 바다가 아니라 바람과 조류가 서로 맞서는 순간 격렬한 물결이 납빛으로 넘실거리며 철썩대는 컴컴한 바다가.

모래톱 길은 풀덤불을 따라 나 있고 그 주변은 푹푹 빠지기 쉬운 갯벌이다. 길은 모래톱 위로 반듯하게 난 것이 아니라 구불구불 이어져 있다. 종종 사람들은 '왜 우리가 이 풀덤불을 따라가야 하는 거지? 그냥 곧장 질러가면 더 빠를 텐데 말이야' 하고 투덜댄다. 하지만 이런 사람들은 곧 갯벌에 빠지게 될 것이다. 처음에는 무릎까지, 그 다음에는 허리까지, 마지막에는 목까지 갯벌에 잠기다가 결국에는……

누구든 모래톱 길을 건너려면 제시간에 출발해야 한다. 사람들은 늦지 않았다고 생각하게 마련이다. 그런데 갑자기 사방의 물길을 따라 조류가 밀려드는 기이한 콸콸거림이 들려오면 때는 이미 늦은 것이다. 보통 때 같으면 바지를 걷고 건널 수 있는 좁은 도랑의 물이 단숨에 격렬한 조류가 되어 가슴까지 차오른다. 빛나는 모래 길은 점점 사라지고 순식간에 사방이 철썩거리며 콸콸대는 물로 가득 찬다. 사람들은 엄청난 두려움에 휩싸여 뛰면서 소리지른다. 그러나 그땐 이미 늦어서 길을 알려주던 풀덤불조차도 시야에서 사라져버린다. 그들은 어디로 가야 할지 모른 채 철썩대며 콸콸대는, 점점 수위가 높아지는 바다 속으로 속수무책 끌려들어가다 깊은 웅덩이에 빠지고 갑자기 거센 조류에 휩쓸리고 말 것이다.

하지만 이런 일은 이곳에 낯선 이방인들에게나 일어난다. 프리슬란트 사람들은 너무 늦은 때가 언제인지를 안다. 보이 엡센도 그것을 알고 있었을 것이다. 왜냐하면 그도 프리슬란트 사람이니까.

"당신 그거 들었어요?" 그의 부인 마체가 물었다.

"우터줌에 사는 당신 동생이 미국에서 소포를 하나 받았대요."

키 큰 보이는 파이프를 입에서 떼더니 유황색 연기를 내뿜었다.

"말이 말을 만든다더니." 골똘히 유황색 연기를 바라보면서 그가 말했다.

"소문을 다 믿어서는 안되지. 에이, 이런 저질 담배가 있나. 좋은 미국산 담배가 있으면 좋으련만."

"담배, 커피, 차가 들어 있었대요." 마체가 말했다.

"담배하고 커피, 차가 가득 찬 소포였다니까요."

유황색 연기는 방안 가득 퍼지더니 천천히 천장으로 올라갔다.

"담배와 커피, 차라고?" 보이 엡센은 물었다.

담배연기는 마치 미풍에 끌려가는 구름처럼 갑자기 방향을 틀더니 불안하게 천장 밑으로 몰려갔다. 보이는 의자 뒤로 다시 푹 주저앉더니 두번째 모금을 피웠다.

"사람들이 말하는 걸 다 믿어서는 안되지." 그는 말했다.

"대체 누가 그러던가?"

"우편배달부가요." 마체가 말했다.

"그 얼굴 네모난 노인네 있잖아요. 아마 꾸며낸 말이겠죠, 뭐." 그녀는 보이를 옆에서 무심하게 바라보더니 푸른 격자무늬 앞치마를 풀었다.

"얼굴 네모난 노인네라고?" 보이 엡센이 파이프를 내려놓았다.

"그 영감은 믿을 만한 사람이잖아!"

그는 일어서서 그 긴 다리로 방안을 성큼성큼 왔다갔다했다. 천장보를 지날 때면 그는 언제나 등을 숙여야 했다.

"마체, 럼주 좀 있나?"

"우리한테 럼주가 있어 뭐하겠어요?" 마체가 어이없다는 듯 물었다.

"담배, 커피, 차가 가득 찬 소포라고……." 보이 엡센이 중얼댔다.

"생각해봐 마체! 차 한잔에다가 좋은 럼주 한잔을 섞으면… 여보, 내 모자 어디 있지?"

"모자는 뭐하게요?" 마체의 목소리가 갑자기 어두워졌다.

"설마 지금 우터줌에 가려는 건 아니겠죠?"

"모자가 어디로 간 거야?" 보이 엡센은 문앞에 서서 밖을 내다보았다. 약간 안개가 끼었고 희뿌연 안개 위로 반달이 떠 있었다. 달은 밤하늘에 고정된 채 서쪽으로, 점점 더 서쪽으로 움직이는 것처럼 보였다.

"아직 썰물인데……."

"하지만 오늘은 돌아올 수 없을 거예요." 마체가 말했다.

"오늘밤은 우터줌에서 묵을 거죠?"

보이 엡센은 그사이 모자를 찾아 쓰고는 문밖으로 나섰다. 그녀는 그가 긴 다리로 구부정한 채 캄캄한 마당을 나서는 것을 보았다. 안개 속에 길고 수척한 그림자가 나타났고 모래가 버석거리는 소리는 점점 희미해졌다. 마체는 양팔을 축 늘어뜨렸다.

"정신이 나갔군." 그녀는 중얼거렸다.

"그걸 얻으려다가……."

하지만 그가 어떻게 되리라고는 말하지 않았다. 대신 그녀는 놀라서 입술을 깨물었다. 그런 말을 함부로 속삭여서는 안된다. 그랬다가는 악마가 그 말을 곧이곧대로 믿게 될지도 모르기 때문에.

"음……."

우터줌에 사는 뭉에 엡센(Munge Yepsen)은 탄식을 내뱉으면서 파이프 담배를 깊게 한모금 빨아들였다.

"미국산 담배는 역시……."

"뭉에, 어서 들어와요! 그러다가 감기 걸리겠어요!" 부엌에서 아내의 날카로운 목소리가 들렸다.

뭉에는 안개 위로 창백하게 떠서 서쪽으로 가는 달을 마지막으로 한번 쳐다보고는 신을 끌며 집으로 들어갔다. 그는 키가 작고 단단해 보였으며 눈을 계속 깜박거렸다.

"앉아요." 아니에가 앞치마 끈을 풀면서 말했다.

"차가 준비됐어요."

뭉에는 파이프를 앞에 두고 조용하게 식탁에 앉았다. 그는 코를 찻잔에 대고 향을 맡아보았다.

"음……." 그가 말했다.

"럼주가 한잔 있다면……."

"럼주는 없어요." 아니에가 날카롭게 말했다.

"내일 럼주를 사올게요."

"그래, 아니에."

그때 아니에는 마당을 지나오는 발걸음 소리를 들었다.

"안녕하세요." 보이 엡센이 모자를 손에 들고 이마의 땀을 닦으면서 문앞에 구부정하게 서 있었다.

"왔어요, 형?" 뭉에가 형과 악수를 나누었다.

"차나 한잔 해요. 미국에서 소포가 왔거든요."

보이 엡센은 안개로 축축해진 윗도리를 벗고 식탁에 앉았다. 그러고는 주머니에서 파이프를 꺼내 한참 동안 말없이 파이프를 들여다보았다.

"담배 좀 줄까요?" 뭉에는 담배 한 꾸러미를 그 앞에 꺼내놓았다.

"고마워." 보이는 큰 손을 내밀어 조심스럽게 파이프에 담배를 채우고는 뜯은 담배 꾸러미를 천천히 주머니에 넣었다.

"소포에는 뭐가 많이 들었겠구나." 그가 이어 말했다.

"거기에는," 뭉에가 말했다.

"담배 두세 꾸러미에다 차와 커피가 조금 있었어요……"

뭉에는 찡그린 얼굴로 담배가 있던 자리를 바라보았다.

"불이 있어야겠네요." 그가 말했다.

"괜찮아. 나도 있거든."

아니에가 차 한잔을 그 앞에 두고는 탁자에 앉았다.

"드세요." 그녀가 말했다.

보이 엡센은 파이프를 한모금 빨더니 찻잔을 뚫어지게 바라보았다.

"어서 드세요." 이니에가 말했다.

"향기가 좋군……" 보이 엡센이 잔을 집어 코에 갖다대더니 다시 책상에 올려두었다.

"그래, 진짜 미국 차 향이야……." 그러고는 파이프를 깊이 한모금 더 빨았다.

"뭐 더 원하시는 게 있나요?" 아니에가 물었다.

"하지만 럼주는 집에 없어요."

"아," 보이 엡센은 탁자 위에 파이프를 놓으며 탄식했다.

"럼주가 없다고요?" 천장 밑의 푸른 담배연기마저 실망감에 출렁거렸다.

"네," 아니에가 웃으며 말했다.

"럼주는 없어요. 하지만 차가 있잖아요. 어서 드세요."

보이 엡센은 의자에 몸을 더 파묻더니 눈을 감았다.

"이제 그만," 그는 말했다.

"돌아가야겠어. 밀물이 오기 전에 가야지. 마체가 기다릴 거야. 꾸러미는 어디 있죠?"

"작은 꾸러미예요." 아니에가 재빨리 말했다.

"담배랑 커피, 차가 조금씩 담겨 있었어요. 벌써 풀어보았거든요."

보이 엡센은 찬장으로 다가섰다. 아니에가 뒤를 따라왔다. 그녀는 차 한 꾸러미를 꺼내 그에게 보여주었다. 그는 그것을 받아들고는 향기를 맡았다. 그러고는 꾸러미를 천천히 주머니에 집어넣었다.

"그 정도면 많은 거예요. 그런 꾸러미가 두세 개뿐이었거든요." 아니에는 그렇게 말하고는 입술을 깨물었다.

"그게 정말 다예요."

"알았어요……." 보이 엡센은 아쉬워하는 표정을 지었다. 그는 동생에게 말했다.

"네 자전거는 어디 세웠니, 뭉에?"

"창고에 있어요. 밀물이 들 텐데 가려고요? 여기서 묵지 그래요?"

보이 엡센은 시계를 보았다.

"빨리 출발하면… 자전거는 둑에 세워두마. 내일 아침 일찍 찾아갈 수 있을 거야. 마체가 기다리거든. 집에는 럼주도 있을 거야."

그는 벌써 문을 나섰고 밤과 안개가 그를 삼켜버렸다.

'남자들이란 그저…….'

암룸에 있는 마체는 부엌을 깨끗이 청소한 후 생각했다.

'차와 럼주와 담배 생각밖에 없지.'

그녀는 반짝빤짝 문질러 닦은 식탁에 앉아서는 얼굴을 두 손으로 괴었다. 그녀 주위의 모든 것들은 깨끗하게 빛났다. 석유등 불빛이 푸른 타일벽에 반사되었다. 오래된 놋쇠시계가 똑딱

거렸다. 아마 그는 오늘 돌아오지 않을 것이다. 우터줌에는 럼
주차가 있을 테니까. 그녀는 하품을 하며 일어서서 천천히 침실
로 향했다. 어둠속에서 그녀는 옷을 벗었고 작고 빛나는 창문을
통해 안개 뒤로 희미하게 미끄러져가는 달을 바라보았다. 그녀
는 두꺼운 털이불 속으로 몸을 밀어넣으며 생각했다.

'저 달이 썰물과 밀물을 만들지…….' 그러나 생각을 이어가
기에는 너무 피곤했다.

'그는 아마 오늘 오진 않을 거야. 남자들이란 그저…….'

보이 엡센은 자전거를 둑에 기대놓았다. 풀은 축축해졌고 자
전거도 차갑게 젖었다. 그의 앞에는, 어둠과 안개에 젖은 모래
톱이 있었다. 그는 좁은 해협 저편 어딘가에서 철썩이며 콸콸거
리는 물소리를 들었다.

'아직은 시간이 있어.' 그는 그렇게 생각하고는 신을 벗었다.
자전거의 앞바퀴 바람이 다 빠지는 바람에 한참 동안이나 자전
거를 끌고 와야 했다. 그는 바지를 걷어올리고 신발을 팔 옆에
끼고는 모래를 건너 철썩대며 콸콸거리는 어둠속으로 나아갔
다. 그의 맨발에 축축하고 차가운 진흙의 촉감이 느껴졌다.

'집에는 럼주가 있을 거야.' 그는 이렇게 생각하며 주머니 속
의 차 꾸러미를 만져보았다. 마체는 제대로 된 럼주차를 만들어

줄 거야. 차가워진 발에는 럼주차가 최고지. 그는 등을 구부린 채 성큼성큼 진흙과 젖은 모래를 밟고 나아갔다. 발가락 사이로 축축한 기운과 해초, 그리고 작은 조개가 파고들었고 여기저기서 물이 복사뼈까지 차올랐다.

'제길, 시간을 너무 끌었군.' 그는 좀더 빨리 걸었다. 바닷물과 진흙이 다리에 튀어올랐고, 그의 눈은 길을 표시해주는 풀덤불의 검은 점을 주시했다. 아직 근처의 덤불 하나 정도는 잘 보였다. 안개와 어둠에 싸인 다른 사물들처럼 다른 덤불들은 그의 앞과 뒤에서 순식간에 사라져버렸다.

그가 첫번째 좁은 물길을 건넜을 때 물은 무릎까지 차올랐고, 작은 모래알이 다리에 부딪힐 때마다 밀려드는 물결의 압력은 더욱 거세졌다.

'그래도 끝까지 가야지.' 보이 엡센은 생각했다.

'그 빌어먹을 자전거가 펑크만 나지 않았어도……'

그는 큰걸음으로 서둘러 물길을 첨벙첨벙 걸어나갔다. 갯벌은 이미 발목까지 빠지는 상태였다.

'시간을 너무 끈 게야.' 그는 생각했다.

'너무 늦었다고.'

그래도 그는 끝까지 가볼 생각이었다.

구별하기조차 어려운 잿빛 연기가 피어오르는 가운데 안개가 그를 덮쳤다. 그는 풀덤불을 찾아내기 위해 바짝 주의를 기울였다. 그러지 않으면 길을 잃을 것이다. 좁은 해협 도처에서 그를 둘러싸고 물이 철썩대며 콸콸거렸고 안개가 밀려왔다. 오로지 치즈처럼 창백한 달만이 제자리에 움직이지 않고 있었다. 물론 눈으로 보기에는 달 또한 마치 돛을 활짝 편 유령선처럼 안개를 따라 항해하는 듯했다.

'달과 썰물이 도대체 어떻게 연관되는 거지?' 보이 엡센은 생각했다.

'보름달일 때는… 하지만 오늘은 보름달이 아닌데…….' 그러나 그는 달과 썰물의 관계를 오래 생각할 시간이 없었다. 물이 차올라 이제 점점 알아보기 힘들어지는 풀덤불을 잘 살펴봐야만 했다.

마체가 잠에서 깼을 때 방금 거실 괘종시계에서 울린 마지막 종소리를 들었다. 몇번 종을 친 것인지는 세지 못했다. 침대를 더듬어보던 그녀는 깜짝 놀랐다. 보이가 없었던 것이다. 그러고는 보이가 우터줌에 갔던 일을 떠올렸다. 그녀는 털이불 속에서 천천히 뒤척거리다가 걱정스레 부엌으로 나갔다. 시계는 11시 30분을 가리키고 있었다.

'그는 우터줌에서 자고 오겠지.' 그녀는 생각했다.

'내일 아침 일찍 분명히 돌아올 거야. 한밤중에 내가 여기서 뭘 찾는 거지? 감기라도 걸리면 어쩌려고.'

불을 끄고 다시 불안하게 침실로 들어간 그녀는 침대 모서리에 앉아 한동안 멍하니 앞을 바라보았다. 창밖에는 달이 떠 있었고 안개가 잿빛의 긴 띠를 드리웠다.

'내가 왜 깬 거지?' 그녀는 생각했다.

'웬만해서는 한밤중에 깨지 않는데 말이야. 보이가 날 혼자 두고 갔기 때문일 거야. 남자들이란 그렇거든. 생각하는 것이라곤 차와 럼주, 담배뿐이니. 그나저나 한밤중에 왜 이런 이상한 기분이 드는지 모르겠네…….'

문득 그녀는 잠자리에 드는 대신 무의식중에 옷을 입으려 하는 자신을 깨달았다.

'아니지.' 그녀는 생각했다.

'도대체 오늘밤 나한테 무슨 일이 일어나는 거지? 내가 거의 제정신이 아닌 게야. 한밤중에 일어나 옷을 입다니!'

그럼에도 그녀는 옷을 주섬주섬 걸쳤고, 점점 더 허둥지둥했다. 결국 그녀는 블라우스 단추를 채우는 것조차 잊었다.

'그가 지금 우터줌에 있지 않다면.' 그녀는 생각했다.

'그곳을 떠났다면 너무 늦었을 테고 밀물이…, 아니지 그럴 리가 없어.'

감히 생각을 더 이어나가지 못하고 그녀는 황급히 겉옷을 걸쳤다. 무엇이라도 해야만 했다. 아마도 그녀는 뭉아르트 이장에게 가려는 것일 테다. 뭉아르트는 마을사람들에게 도움을 요청할 것이다. 그는 사람들을 보트에 태워 내보낼 수도 있으며, 전화가 있으니 우터즘의 결핵요양소로 전화를 걸 수도 있을 것이다. 요양소 직원들이 보이가 아직 거기 있는지 뭉에 엡센에게 물어볼 것이다.

키 큰 보이 엡센은 무릎 위로 철썩대며 콸콸거리는 검은 바다를 건넜다. 격렬한 파도가 높이 출렁여 가슴까지 흠뻑 젖었다. 주변에는 안개와 밤, 그리고 철썩대며 일렁이는 바다와 안개를 타고 흐르는 창백하고 유령 같은 달이 있을 뿐이었다. 길을 알려주던 풀덤불도 더이상 알아볼 수 없었으며 가야 할 방향만 어렴풋이 짐작할 수 있었다. 하지만 계속 출렁이는 캄캄한 바다와 안개 속에서 방향을 잡는다는 건 쉽지 않은 일이었다.

'늦었어.' 그는 생각했다.

'너무 시간을 끌었어! 자전거가 펑크만 나지 않았어도 벌써 도착했을 텐데.'

그는 멈춰 서서 발로 갯벌 위를 더듬어보았다. 여기 어디쯤 분명히 풀덤불이 있을 것이다. 하지만 그는 발가락 사이를 뚫고

나오는 푹신푹신하고 부드러운 갯벌과 여기저기서 철썩대며 콸
콸거리는 차가운 바닷물만을 느낄 수 있었다. 거기에는 표지가
될 만한 어떤 풀덤불도 없었다. 오히려 바닥이 갑자기 푹 꺼지
는 바람에 엉덩이까지 물에 빠졌다. 그는 깜짝 놀라서 뒤로 물
러났다.

'럼주차를…….' 그는 생각했다.

'내가 돌아가면 마체가 따듯한 럼주차를 만들어줄 거야.'

그는 차꾸러미와 담배를 윗옷 주머니에서 꺼내 모자 속에 넣
었다. 그 좋은 차에서 짠 바닷물 맛이 난다면 얼마나 끔찍할까!

그는 몇걸음 더 앞으로 나아갔다.

'여기 어디쯤 풀덤불이 있어야만 하는데!'

순간적으로 그는 발 아래 땅이 푹 주저앉는 것을 느꼈다. 갑
자기 가슴까지 물이 차오르자 그는 그를 거의 쓰러뜨릴 뻔한 격
렬한 조류를 거슬러 긴팔로 헤엄을 쳤다.

'주머니에서 차와 담배를 꺼내길 천만다행이군!' 그는 생각
했다.

그사이 그는 지대가 높은 곳으로 다시 헤엄쳐 나왔다. 달의
왼편 어디쯤이 길이었지만 그쪽은 물이 깊고 조류가 거칠어서
더이상 앞으로 나아갈 수 없었다. 보이 엡센은 엉덩이까지 물이
차오른 채 서 있었다. 격렬한 물결이 그의 얼굴에까지 튀어올랐

다. 그는 모자를 끌어당기고 손으로 얼굴을 가렸다. 손에 묻은 물에서 짠 맛이 났다. '이건 바닷물일까 아니면 땀일까?'

'정말 너무 늦게 출발한 것 같군.' 보이 엡센은 생각했다.

'여기 있으면서 뭘 해야 할지 냉정하게 생각해보는 게 가장 좋을 거야. 왼쪽과 앞쪽은 물이 더 깊어질 테니까 오른쪽이나 뒤쪽으로 가야 해. 뒤로 돌아가는 건 아무 의미도 없지. 그러기 엔 너무 멀리 왔으니까. 오른쪽마저 깊어진다면, 또는 갯벌로 들어가게 된다면… 아니야, 최선의 길은 여기 그냥 있는 거야. 적어도 여기서는 물이 얼마나 깊은지 알 수 있고 지반이 발밑에 있는 한 확실히 발을 딛고 있을 수 있잖아.'

격렬한 파도가 그를 향해 높게 밀려왔다. 한기가 다리에서 점점 위로 올라오는 것이 느껴졌다. 그의 위로 유령선의 돛처럼 창백한 달이 높이 솟아올라 있었다. 보이 엡센은 머리를 한껏 젖히고 갈망하듯 위를 바라보았다.

'그래, 너는 그 위에 있어서 좋겠구나.'

'여자들이란 그렇다니까.' 뭉에 엡센은 생각했다.

'이 한밤에 차갑고 축축한 안개를 뚫고 둑에서 자전거를 찾아 오라고 하다니.'

그는 자전거를 끌어당겼고 핸들이 차갑게 식은 것을 느꼈다.

'이 고단하고 차가워진 몸을 따끈하게 데워줄 럼주가 집에 있으면 좋을 텐데. 아니에는 벌써 잠자리에 들었을까?'

그는 분명히 다시 한번 찬장을 살펴볼 것이다. 아무래도 그녀가 럼주를 숨겨둔 것만 같았다. 순전히 골탕을 먹일 생각으로… 뭉에 엡센은 자기도 모르게 발걸음을 재촉했다. 발밑의 풀들은 이슬에 젖어 축축했고 신발까지 물에 젖었다.

'보이 형은 지금쯤이면 벌써 노르트도르프에 도착했을 거야. 마체는 아주 뜨거운 차에다 좋은 럼주를 차려주었겠지. 그래 마체 같은 여자라면……'

그는 집에 도착해 자전거를 창고에 넣었다. 그러고는 어둠에 휩싸인 쪽으로 시선을 던지더니 안개 속에 창백하게 떠 있는 달을 한번 올려다보고는 몸을 떨며 집으로 들어갔다. 아니에는 이미 침실로 들어갔지만 부엌에는 불이 켜져 있었다. 그는 탁자에 앉아서 파이프에 담배를 담았다.

"거기 당신이에요?" 침실에서 그의 아내가 물었다.

"응." 뭉에가 낮게 대답하더니 찬장 문을 열었다. 그녀는 아마 선반 위쪽 어딘가에 럼주를 감춰두었을 것이다.

"이제 자요, 뭉에! 부엌에서 뭘 또 찾고 있는 거예요? 내일 아침 일찍 일어나야 하잖아요!" 침실에서 목소리가 흘러나왔다.

"곧 간다고, 아니에!"

뭉에 엡센은 성냥 하나를 켜더니 찬장 뒤편의 어두운 구석을 비췄다. 정말 거기 먼지와 거미줄을 뒤집어쓴 병 하나가 있었다. 그는 숨이 막히는 것 같았다. 그가 병에 불을 비추려는 순간 또다시 아내의 목소리가 들렸고 타일 바닥을 울리는 맨발의 둔중한 발소리가 그에게로 다가왔다.

"이제 자요, 뭉에! 찬장에서 뭘 하고 있는 거죠?"

뭉에는 재빨리 성냥을 불어 끄고는 탁자로 다가갔다. 아내는 잠옷 차림으로 문에 서서 의심스러운 눈길을 보내고 있었다.

"자전거는 잘 가져다놨어요?"

"응." 뭉에는 중얼거렸다.

"어서 자라고, 아니에. 당신은 감기에 걸렸잖아! 밖은 축축한 데다 안개까지 잔뜩 끼었어. 이런 날씨엔 아주 따끈한 럼주차가 건강에 좋으련만."

"내일 럼주차를 준비할게요." 아니에가 말했다.

"지금은 자요."

그가 막 윗옷을 벗으려는 순간 누군가 마당을 건너오는 발걸음 소리가 났다. 방문객은 문을 두드렸다. 뭉에는 윗옷을 다시 걸치고 부엌으로 갔다. 석유등을 켜고 문을 열자 거기엔 결핵요양소에서 온 낯선 사람이 있었다.

"뭉에 엡센 씨 댁이 여기인가요?"

얇은 회색 윗옷을 걸친 그는 그렇게 묻더니 부엌으로 한걸음 들어섰고 불빛 쪽으로 눈길을 보냈다. 그는 이빨을 부딪치며 덜덜 떨고 있었다. 뭉에는 바지춤을 추키더니 말했다.

"좀 들어오세요. 내가 뭉에입니다만……."

"당신한테 전화가 왔어요." 그 낯선 사람이 말했다.

뭉아르트 이장은 책상 위 전화기 옆에 붙어서 눈을 깜박이고 있었다. 한밤중에 잠에서 깼기 때문에 아직도 정신이 멍한 상태였다. 회색 머리카락은 어지럽게 흘러내렸고 잠옷 끝자락이 바지 밖으로 삐져나온 걸로 봐서 바지도 잠옷 위에 그냥 걸쳐 입은 듯했다.

"시간이 좀 걸릴 겁니다." 그가 말했다.

"일단 그를 불러와야 하거든요."

그녀는 재가 다 타버린 난롯가에 앉아서 덜덜 떨고 있었다.

"모든 게 잘될 겁니다." 뭉아르트 이장이 말했다.

"내일 아침 일찍 썰물 때 돌아오든지 아니면 오늘……."

그는 시계를 한번 쳐다보았다. 마체는 멍하니 그를 바라볼 뿐이었다. 그때 갑자기 요란한 전화벨 소리가 울렸다.

"여보세요?" 뭉아르트가 말했다. "여보세요, 뭉에 엡센 씨인가요?"

마체는 두 손을 꼭 잡은 채 걱정스레 이장을 쳐다보았다. 소리가 잘 들리지 않는지 그는 인상을 찌푸렸다.

"저는 뭉아르트 이장입니다. 뭉에 엡센 씨 있나요?"

마체는 마치 작고 흰 공을 만지작거리듯 손을 가만두지 못했다.

"안녕하세요, 뭉에 씨?" 전화선을 통해 윙윙거리는 소리가 들려왔다.

"잘 마셨나요?" 뭉에가 물었다.

"뭘요?" 이장이 되물었다.

"나도 같이 마시고 싶었어요."

"뭘 말이죠?"

"럼주차를 마시지 않았나요?"

마체는 손을 꼬며 이빨을 덜덜 부딪쳤다.

"뭐라고요…? 보이가… 자전거는 둑에 있나요?… 펑크가 났다고요…… ."

마체의 눈이 커졌다.

"그는 거기에 있나요?" 마체가 물었다.

"조용히해봐요, 마체!" 이장이 마체에게 소리쳤다.

"11시 30분에 가져왔다고요?…… ."

"아니에요, 그는 여기 없어요… 모르겠어요… 그는 아마도……."

그가 수화기를 내려놓더니 마체 쪽으로 돌아섰다. 그의 이마에 깊은 주름이 잡혔다.

"어떤가요?" 마체가 간신히 입을 열었다.

"그가 거기에 없다네요." 이장이 말했다.

"아주 늦게 뭉에의 자전거를 타고 떠났대요. 밀물 들기 이전이래요. 자전거는 둑에 있었대요."

"그럼 그는 출발한 거군요." 마체가 중얼거렸다.

"네, 아무래도." 뭉아르트 이장이 말했다.

"아주 늦게 길을 나선 거 같아요. 자전거 바퀴는 펑크가 났다고 하고요. 그가 여기 온 게 아닌지 묻더군요."

그녀는 맥없이 주저앉더니 머리를 감싸쥐고서 눈물을 흘렸다.

"그들이 그를 보내지 말았어야 했어요." 그녀가 흐느꼈다.

"그렇게 늦은 걸 알면서 왜 그를 떠나보낸 거죠?"

"하지만," 이장이 말했다.

"보이가 그렇게 쉽게 당하진 않을 거예요. 그는 꽤 신중한 사람이잖아요. 어떤 일에도 흔들리지 않을 겁니다."

"그 빌어먹을 차 때문이에요." 마체가 흐느끼며 말했다.

"그에게 소포 이야기는 꺼내지도 말았어야 했는데!"

"그러게요," 이장이 말했다.

"그들한테는 럼주도 없었다는데……."

그는 겨우 일어서더니 삐져나온 잠옷을 바지에 집어넣었다.

"그럼 이제 할 수 있는 일이 없나요?" 마체가 물었다.

"보트를 보낼 수는 없을까요?"

"이런 안개 속에서요? 게다가 해협에 조류가 너무 거세서 금세 휩쓸려갈 거예요. 소용없어요, 마체. 그가 스스로 돌아오기를 바라는 수밖에……."

마체는 완전히 맥이 풀려서 다 식은 난롯가에 주저앉았다. 그녀의 어깨가 들썩이며 요동치기 시작했다.

보이 옙센은 가슴께로 몰려오는 강한 조류와 등 뒤에서 콸콸대는 소용돌이를 동시에 느꼈다. 안개와 어둠이 그 앞으로 몰려왔다. 오로지 달만이 고요하고 창백하게 제자리를 지키고 있었다. 그러나 보이와 달은 정말 멈춰 있는 것이었을까? 달이 안개의 바다를 헤치고 서쪽으로 나아가는 배라면, 그리고 비록 멈춰서 있긴 하지만 보이 역시 바닷물이 지나가면서 생기는 낮고 철썩이는 파도를 맞으며 서쪽으로, 서쪽으로 나아가는 배라면, 그 둘은 영원을 향한 섬뜩하면서도 적막한 여행을 하는 것일 수도 있지 않을까?

보이 옙센은 모자를 벗었다. 그러고는 추위로 뻣뻣해진 큰 손으로 파이프에 담배를 담더니 라이터를 꺼내서 불을 붙였다. 하지만 파도가 불을 꺼버렸다. 그는 라이터를 털어서 물기를 말리고는 다시 한번 불을 붙였다. 이번에는 작고 떨리는 푸른 불꽃을 손으로 감싸듯 막았고, 그 불꽃은 검은 바다 위에서 수많은 작은 불꽃을 일으키며 바다의 물결 위로 떨어졌다. 마침내 파이프에 불이 붙었다. 어둠속에서 작고 붉은 점들이 희미하게 빛났다. 그는 라이터를 다시 모자에 넣고 모자를 썼다. 그러고는 깊게 한모금을 빨았다. 파이프는 그의 손안에 있는 작은 난로 같았다. 물이 지나가면서 생기는 낮고 철썩이는 파도가 이제는 담배연기까지 내뿜는 보이 엡센을 안개와 밤과 거품이 이는 검은 바다를 뚫고 서쪽으로, 서쪽으로 나아가는 배처럼 보이게 했다. 창백하고 흐릿한 달 또한 그와 같이 나아갔다.

"당신은 좋은 담배를 피우는군, 보이 엡센." 달이 말했다.

달은 마치 그에게 몸을 조금 구부리는 것처럼 보였다. 그의 얼굴은 따뜻하고 노랗게 빛났다.

"맞아, 아주 좋은 담배지." 보이 엡센은 달의 코밑으로 가늘고 긴 연기를 내뿜었다.

"자네도 한번 태워보겠나?"

"고맙네." 달이 말했다.

"나도 그러고 싶지만 지금은 근무중이네."

"근무중이라고?" 보이 엡센이 물었다.

"근무중이라… 자네는 무슨 일을 하나?"

"밀물과 썰물을 만들지." 달이 대답했다.

"지금은 밀물이라네."

"그래," 보이 엡센이 말했다.

"그건 나도 아네. 빌어먹을 자네의 밀물 때문에 발이 이렇게 차다네."

"그건 나도 어쩔 수 없지." 달이 말했다.

물은 철썩거렸고 세찬 파도가 밀려와 그의 얼굴로 튀어올랐다. 그는 물었던 파이프를 입에서 떼고 바닷물을 뱉어냈다.

"자네의 밀물은 짜군." 그가 말했다.

"맛은 럼주차가 훨씬 낫지."

"아, 그래." 달이 말했고, 그의 얼굴은 여전히 노랗고 따듯했다.

"럼주차라……." 보이 엡센은 탄식했다.

한기는 점점 위로 올라왔다. 보이 엡센은 이제 다리에 감각이 거의 없었고 허리 위쪽의 감각만 느낄 수 있었다. 단지 연기를 내뿜는 파이프만이 이 축축하고 안개 낀 어둠속에서 작은 난로가 되어주었다.

마체는 이장의 사무실 차가운 난롯가에서 숨죽이며 울고 있었다. 이장은 뒷짐을 지고 사무실을 왔다갔다했다. 책상 위에는 차 주전자와 두 잔의 차가 있었지만 아무도 건드리지 않았다. 이따금 이장의 부인이 문을 열고 안을 들여다보았다.

"차 좀 더 드릴까요?" 그녀가 물었다.

그러나 차에는 아무도 손을 대지 않았고, 대답도 없었다.

"그로가르트와 엔젠이 다른 집들을 다녀봤지만 그를 봤다는 사람은 없대요." 그녀가 말했다.

이장이 어깨를 으쓱했다. 마체는 꿈쩍도 하지 않았다. 그녀에게선 아무 소리도 들리지 않았다.

문밖에서는 발걸음 소리가 삐걱대며 들렸고 이따금 누군가 소곤대는 소리도 들렸다. 때로는 검은 창문에서 희끗희끗하고 희미한 것들이 나타나기도 했다. 호기심에 방안을 살펴보는 이들이었다. 마을 전체에 소식이 퍼지자 잠에서 깬 사람들이 이장 집 앞으로 모여든 것이다. 한번은 이장이 문을 열고 어둠속을 향해 외쳤다.

"해변에서는 별 소식 없나?" 그는 한동안 귀를 기울였으나 대답이 없자 다시 문을 닫았다. 마체는 다 식은 난롯가에 앉아 얼굴을 감싸쥐고 있었다. 그녀의 어깨는 더이상 요동치지 않았다. 사방은 고요했다.

"하필이면 보이에게 그런 일이 일어나다니."

우터줌의 뭉에 엡센은 탄식했다.

"긴 다리에 럼주차를 그렇게 좋아하던 형인데. 그는 좋은 사람이었어. 우리 형이었다고."

그는 한잔의 럼주를 금빛을 띤 갈색 증기가 피어오르는 차에 붓고는 천천히 한모금을 들이켰다. 화로 위에선 주전자에 담긴 물이 보글보글 끓어올랐다. 아니에는 간이의자에 앉아서 뭉에 옆에 놓인 술병을 바라보았다. 술은 반밖에 남지 않았다.

"오늘밤에 꼭 술을 마셔야겠어요?" 그녀가 물었다.

"오늘밤은 당신의 혈육이… 주여, 그를 구해주소서……."

"보이 형은 정말 좋은 사람이었어. 맹세할 수 있다고." 뭉에가 말했다.

"그리고 정말 독한 뱃사람의 술을 마실 수 있었지." 그는 럼주를 한잔 더 차에 따랐다.

"그걸 예감할 수만 있었다면! 자전거가 어디 있느냐고 물었을 때 창고에 있다고 내가 대답했지. '자전거는 둑에 세워두마. 내일 아침 일찍 찾아갈 수 있을 거야. 마체가 기다리거든. 그녀한테는 럼주가 있을 거야.' 그게 그의 마지막 말이었어. '마체가 기다리거든. 그녀한테는 럼주가 있을 거야.' 주여, 도와주시옵

소서. 아, 그는 정말 친절한 사람이었어. 의리가 넘치는 사람이었지. 내 형인데, 나는 왜 그걸 몰랐을까……."

그는 찻잔을 들어 천천히 들이켜더니 깊은 한숨을 내쉬었다.

"도대체 얼마나 더 여기 앉아서 술이나 퍼마시고 있을 거예요?" 아니에가 물었다.

"벌써 3시가 됐어요. 내일 아침 일찍 일어나야 하잖아요……."

"당신은 인정이 없어, 아니에." 뭉에가 말했다.

"인정머리라곤 조금도 없다고. 보이가 어둠을 뚫고 안개와 싸우며 지치고 목마른 채 우릴 찾아왔을 때, 럼주 한병을 통째로 찬장 뒤에 숨겨두고서도 당신은 이렇게 말했지. '럼주는 없어요. 하지만 차는 드릴 수 있어요.' 당신은 럼주가 집에 없다고 했어! 내가 말할 수 있는 건 당신이 그렇게 말했다는 거야! 그리고 그는 다시 집을 나서서 어둠과 축축한 안개를 뚫고 집에 돌아갔지. 하지만 그는 건너편에 도착하지 못했어. 마체는 아직도 그를 기다리고 있고, 어쩌면 영영 기다려야 할지도 몰라. 그녀에게는 럼주가 있지만 갈증이 일고 안개로 축축해진 그의 목을 축여주진 못할 거야……."

이제 안개는 걷히고 달은 노랗고 따뜻하게 바다 위에 떠서 검은 파도를 비추고 있었다. 보이는 가슴까지 물에 잠긴 채 뻣뻣해진 큰 손으로 다섯번째 담배를 담고 있었다.

"너는 그 위에 있어서 좋겠구나." 그는 달의 코밑에 가늘고 긴 연기를 내뿜으며 말했다.

"너는 축축하진 않겠지. 내 다리가 얼마나 차갑고 축축한지 안다면 정말 놀랄 텐데……."

달은 침묵했다. 달은 막 도착한 배처럼 고요하게 하늘에 정박해 있었다. 검은 바닷물은 첨벙거리고 철썩댔으며, 파도는 높이 밀려와 옷깃까지 물이 튀었다. 그러나 조류는 고요하게 잦아들었고 물 위의 희미한 포말은 더이상 그에게 밀려들지 않은 채 지치고 어두운 파도 위를 이리저리 낮게 떠다녔다. 보이는 파이프를 빨았다. 저 멀리 물 위로 가늘고 검은 해안이 보였다. 그 해안은 암룸이었다. 그리고 작고 고요한 불빛이 보였는데 그것은 뭉아르트 이장 집의 창문이었다.

'이렇게 늦은 시간에 저기서 뭣들을 하는지 모르겠군.' 보이는 생각했다.

'분명히 따뜻한 난롯가에 앉아 차를 마시고 있겠지. 아마 럼주도 한잔 곁들이고 있을 거야.'

"이봐, 그 위의 자네!" 그는 크게 소리지르고는 달의 코 아래에 크고 자욱한 연기를 내뿜었다.

"지금 아주 따끈한 차에다 최고급 럼주를 한잔 곁들인다면…
자네는 어떻겠나?"

"나는 근무중이네." 달이 말했다.

"나도 알아." 보이 엡센이 말했다.

"자네는 밀물을 만들고 있지. 하지만……."

다시금 파도가 그의 얼굴로 밀려드는 바람에 그는 거의 파이
프를 놓칠 뻔했다. 그는 머리를 털고 입으로 들어온 바닷물을
뱉어냈다. 가늘고 빛나는 포말이 그의 주위로 몰려와 움직이더
니 바닷물이 또한번 거세게 그를 향해 밀려들었다.

"잘 서 있으라고!" 달이 말했다.

"이제부터는 썰물을 만들 테니까!"

이장의 거실 시계에서 종소리가 울리자 마체는 흠칫 몸을 움
츠렸다. 종소리를 세어보니 4시였다. 그녀는 꽁꽁 얼어붙어 몽
롱한 채로 일어섰다. 이장은 책상에 앉아 팔로 머리를 괴고 잠
이 들어 있었다. 이따금 요란하게 코까지 골았다. 문밖은 고요
했다. 사람들은 이미 흩어진 후였다. 마체는 덜덜 떨면서 크고
검은 숄을 몸에 꼭 싸맸다. 그러고는 발끝으로 살금살금 문으로
다가가 조심스럽게 문을 열고 거리로 나갔다. 달은 빛나고 하늘
은 청명했다. 그녀는 서둘러 서걱거리는 모랫길을 건너 달빛을

비추며 촉촉이 젖은 풀밭을 지나 집으로 향했다.

그녀는 여전히 몸을 떨면서 석유등을 켰고 난로에서 오래된 재를 걷어내고 불을 붙이기 시작했다. 난로의 불꽃이 활활 타오르자 주전자에 물을 담아 올려놓고 녹초가 된 채 불가에 주저앉았다. 그녀는 반짝이는 마룻바닥을 바라보면서 불꽃이 난로를 때리며 타닥거리는 소리를 들었다. 시계가 4시 30분을 울리자 그녀는 생각했다. '5시면 그는 아침을 먹어야 하는데.'

그녀에게는 모든 것이 전과 같다는 느낌이 들었다. 보이는 침대에 있는 것 같았고 자기가 먼저 일어나서 아침을 준비하는 것만 같았다. 심지어 그의 숨소리까지 들리는 것 같았다. 그녀는 어리둥절한 채 두근거리는 마음으로 침실에 들어갔다. 그러나 거기엔 아무도 없었다. 침대는 비어 있었고 이불은 그녀가 나왔던 때와 마찬가지로 어지럽게 들춰져 있었다. 갑자기 찾아온 고통으로 심장에서 경련이 일었다. 그녀는 울음이 터지려는 입을 틀어막았다. 그런데 그녀가 부엌으로 되돌아왔을 때였다. 갑자기 문이 열리더니 보이 엡센이, 키 큰 보이가, 그녀 앞에 나타났다.

"안녕," 그가 말했다.

"무슨 유령이라도 보는 것 같군!"

그녀는 창백해진 얼굴로 서서 아무말도 꺼내지 못했다.

"당신 살았군요……." 그녀는 낮게 말했다.

추위로 온몸을 떨면서도 그는 웃었고 난롯가로 다가섰다. 그의 몸은 머리에서 발끝까지 온통 젖어 있었다. 깨끗한 마룻바닥으로 물방울이 떨어졌다.

"물은 이미 올려놨네." 그가 말했다.

"잘됐군." 그는 모자를 벗더니 차 한 꾸러미를 꺼냈다.

"차예요?"

그녀는 서둘러 그것을 집어들었다.

"당신이 좋아할 게 또하나 있어요." 그녀는 찬장으로 갔다.

"여기 럼주요." 그녀는 그에게 한잔을 따라주었다.

"곧 따끈한 차도 준비할게요."

보이는 마른 옷으로 갈아입고 따뜻해진 몸으로 문앞에 섰다. 별빛이 밝았고 이슬에 젖은 풀은 달빛을 받아 은처럼 반짝였다.

"건배."

보이 엡센이 하늘을 향해 김이 모락모락 피어나는 잔을 들어올렸다.

"당신 누구와 얘기하는 건가요?" 마체가 물었다.

그러나 보이에게는 아무말도 들리지 않았다.

실패한 인생은 없다

안광복 _ 철학박사, 중동고 철학교사

1

　1992년 봄, 독문과 송요섭 교수의 '중급독문강독' 시간. 나는 그때 「곰스크로 가는 기차」(*Reise nach Gomsk*)를 처음 만났다. 교수님은 그때 감기에 걸리셨다. 코맹맹이 소리로 읽어나가시던 독일어 문장이 지금도 들리는 듯하다. 나는 이 강의를 한참이나 빠져야 했다. 교생실습을 나가야 했기 때문이다.

　―교수님, 서 교생실습을 나가서 수업에 들어올 수 없습니다. 중간시험은 어떻게 할까요?

　두꺼운 안경 너머로 부드럽게 올려다보는 눈, 이윽고 코맹맹이 섞인 답이 돌아왔다.

　—그래요? 그럼 「곰스크로 가는 기차」의 일부를 번역해서 제출하세요.

　청운(靑雲) 중학교의 교생실습실은 으슬으슬 추웠다. 나는 곱은 손을 호호 불어가며 독일어 사전을 뒤적였다. 과제로 하는 독서가 재밌는 법은 없다. 그러나 나는 「곰스크로 가는 기차」에 완전히 빠져들었다. 쉽고 아름다운 문장, 가슴을 아리게 하는 감미로움. 나의 번역은 어느덧 숙제의 범위를 넘어서고 있었다.

　멈출 수가 없었다. 교생실습을 끝나고 학교에 돌아왔지만, 나의 번역은 계속되었다. 「곰스크로 가는 기차」를 오롯하게 옮기고 싶어 마음이 조급했다. 여기에는 스무세살 젊은이의 '치기(稚氣)'도 있었다. 「곰스크로 가는 기차」를 번역해서 당시 좋아하던 여학생의 생일선물로 주고 싶다는.

　모든 끌림에는 더 깊은 이유가 있게 마련이다. 그때는 몰랐다. 「곰스크로 가는 기차」가 왜 그토록 절절하게 다가왔는지를. 돌이켜보면, 「곰스크로 가는 기차」의 주인공은 내 삶의 메타포(metaphor)였다. 아니, 어떤 누구의 인생이라도 삶은 「곰스크로 가는 기차」와 비슷할 수밖에 없으리라.

2

세월이 흘러, 「곰스크로 가는 기차」는 내 삶에서 잊혀져버렸다. 군 입대 즈음, 「곰스크로 가는 기차」를 선물했던 여학생과의 인연도 끝났다. 제대 후의 삶도 정신없이 흘러갔다. 숨가빴던 대학원 수업과 그리스 유학 준비, 그리고 취업. 내 생활 어디에도 「곰스크로 가는 기차」를 다시 떠올릴 구석은 없었다.

그러나 나의 번역본은 대학가를 떠돌고 있었다. 손에서 손으로, 타자기로 친 나의 원고가 돌아다녔다. 누군가는 PC 통신에 나의 번역글을 올리기도 했다. 나는 뜬금없이 「곰스크로 가는 기차」의 '최초 소개자'로 세상에 알려졌다.

때때로 나에게 지은이 오르트만의 소식을 묻는 이들이 찾아오곤 했다. 한 방송국에서 「곰스크로 가는 기차」를 단막극으로 만든다며 전화를 하기도 했다. 연극무대에 올리고 싶다는 이들의 문의도 한동안 이어졌다.

그럴 때마다 내 마음은 불편하기만 했다. 무엇보다 저자인 프리츠 오르트만(Fritz Ohrtmann)에게 미안했다. 아무리 뒤져보아도, 나는 그에 대한 자료를 구할 수 없었다. 대학생 시절의 얼치기 번역으로 저자의 문학적 가치를 깎아내리지는 않았을까?

문의를 받을 때마다 떠올려야 하는 스물세살 시절의 내 모습도 나를 괴롭게 했다. '고전문헌학자'를 꿈꾸던 패기만만한 젊은이의 모습, 아득바득한 생활 속에서 어깨가 굽어가던 나의 현실에서, 잊고 있던 꿈을 떠올리는 일은 그 자체로 고문이었다.

3

2010년 가을, 북인더갭 출판사에서 메일이 왔다. 「곰스크로 가는 기차」를 번역 출간하기로 했단다. 마음 깊이 안도감이 밀려들었다. 사람들은 이제는 더이상 「곰스크로 가는 기차」 때문에 나를 찾지 않으리라. 오르트만도 이제 국내에서 제대로 인정받을 듯싶다.

한편으로는 오르트만이 어떤 사람인지 궁금하기도 했다. 그는 어떤 인생을 살았을까? 정식 출판계약을 했다면, 출판사는 그에 대한 면면을 잘 알 수 있을 테다. 그러나 안타깝게도, 출판사에도 오르트만에 대한 정보는 여전히 부족했다. 현재 알려진 것이라곤, 저자가 1995년에 작고했고 부인의 주소가 현재 스페인으로 되어 있다는 사실뿐이었다. 이 작가가 독일에서조차 깊이 연구된 바가 없다는 대답도 돌아왔다.

출판사에서 보내준 소설집 서문(Vorwort)에는 짤막하게 오르트만의 삶이 요약되어 있기는 하다. 그는 1925년에 독일 북부 해안가인 프리슬란트 지방에서 태어났다. 교사였던 아버지를 따라 이곳 저곳을 옮겨다녔다. 18세에 아비투어(대학입학자격시험)를 치르고, 한때 노동일을 했었나보다. 그러다가 전쟁에 참전했고, 프랑스에서 전쟁포로가 되었다. 고향으로 돌아오는 길도 녹록하지 않아서, 미국으로 끌려갔다가 다시 영국의 포로수용소를 거쳐야 했다.

이후로 그는 영국과 킬(Kiel)에서 공부해서 박사학위를 받았고, 한동안 여자고등학교에서 선생님을 했다. 1962년부터 1971년까지는 터키 이스탄불의 독일어고등학교에서 교사로 근무하기도 했다.

언뜻 보기에도 오르트만의 삶은 순탄해 보이지 않는다. 그럼에도 그의 작품은 따뜻하기만 하다. 「붉은 부표 저편에」「그가 돌아왔다」「럼주차」에는 그의 고향인 프리슬란트의 모습이 정겹게 그려져 있다. 해변가의 모래언덕, 밀물과 썰물이 빠르게 지나가는 바다 등등, 아름다운 자연 속에서 정겨운 사람들이 살아간다. 부기우기라는 활기찬 춤을 좋아하는 쾌활한 주민들, 여자들은 '남자들이 럼주와 담배와 차만 생각한다며' 푸념하지만, 그럼에도 서로를 보듬는 아름다운 고장이다.

「양귀비」에서는 전쟁 즈음의 오르트만의 삶이 엿보인다. 부대가 포위된 상황, 그러나 어디에도 공포나 두려움은 엿보이지 않는다. 어머니께 드리려고 곱게 갈무리한 양귀비꽃 이야기만 잔잔하게 펼쳐지고 있을 뿐이다. 오르트만의 작품 어디에도 신산스러움은 엿보이지 않는다. 그의 소설을 읽다보면, 독자의 영혼 깊숙한 곳에서 제대로 위로받았다는 느낌이 밀려들 것이다. 오르트만의 따뜻함은 도대체 어디서 오는 것일까?

4

「곰스크로 가는 기차」는 오르트만의 따사로움이 제대로 담긴 소설이다. 줄거리를 간단하게 살펴보자. 주인공은 멀리 있는 멋진 도시, 곰스크로 가고 싶어한다. 그의 아버지도, 자신도 어릴 적부터 곰스크로 가는 것이 인생의 목표였다. 왜 곰스크를 꿈꿨을까? 그건 자세히 모른다. 그냥 언제나 절절했던 꿈이었을 뿐이다.

결혼한 주인공은 돈을 탈탈 털어 기차표를 샀다. 아내와 곰스크로 떠나기 위해서다. 그러나 아내는 여행이 못마땅하다. 왜 곰스크에 가야 한단 말인가? 무슨 일이 기다릴지 아무도 모르는데. 그녀는 창백한 얼굴로 창밖을 바라볼 뿐이다.

기차가 작은 시골마을에 잠깐 서자, 아내는 금세 활기를 되찾는다. 아내는 주인공의 손을 붙잡고 근처 산으로 이끈다. 신혼의 달콤함에 빠져 두 사람은 열차를 놓치고 만다. 그런데 아뿔싸! 곰스크행 열차는 그 마을에 항상 서는 것이 아니었다. 게다가 그들의 열차표도 더이상 쓸 수 없게 돼버렸다.

주인공은 까무러치지만 아내는 태연하기만 하다. 새로운 표를 사기 위해 주인공은 마을에서 머슴살이를 해야 했다. 아내는 곧 떠날 사람 같지 않다. 그녀는 마을사람들과 친해지며 임시로 빌린 방을 '더 살 만하게' 꾸미느라 열심이다. 주인공은 그런 아내가 마뜩찮다. 주인공의 마음은 온통 곰스크로 떠날 생각으로만 가득하다.

주인공은 결국 곰스크로 떠나지 못한다. 가장 큰 방해자는 아내였다. 표를 샀을 때 아내는 임신중이었다. 주인공은 미래가 불투명한 곳에 아이 가진 여인을 데려갈 만큼 매정하지 못했다. 주인공은 마을에 더 있기로 한다. 아이를 키우려면 안정된 수입도 필요했다. 주인공은 마지못해 학교 선생님 자리를 물려받는다.

어느덧 둘째까지 생기자, 주인공은 이제 곰스크를 입밖에 꺼내지도 못한다. 아내와 아이들이 불안해하는 탓이다. 주인공은 안정되어가는 일상이 불편하기만 하다. 자리를 잡을수록 자신의 꿈은 점점 더 흐려질 터였다. 그렇다면 주인공의 인생은 실패한 것일까?

주인공에게 교사 자리를 물려준 늙은 선생님이 이 물음에 답을 준다. 그 역시 젊은 시절, 곰스크로 갈 꿈을 꿨던 사람이다. 그도 주인공과 마찬가지로 이 작은 시골마을에 주저앉게 되었다. 하지만 늙은 선생님은 자신의 인생을 후회하지 않는다. 선생님은 말한다.

그대가 원한 것이 그대의 운명이고, 그대의 운명은 그대가 원한 것이랍니다.

Seine Wille ist seine Schicksal, seine Schicksal ist seine Wille.

주인공은 곰스크로 가지 못했다. 그렇다면 그는 자기가 원치 않은 삶을 살았을까? 아니다. 아내를 위해 곰스크를 포기한 것은 자신의 선택이었다. 마을에서 정원이 딸린 조그만 집에서 가족들과 사는 일은 불행했을까? 아니다. 이 또한 그가 원했던 것이었다. 그렇지 않았다면, 기차가 마을에 섰을 때 주인공은 아내의 이끌림에 넘어가지 않았을 테다. 목표한 대로 되지 않아도 인생은 충분히 따뜻하고 살 만한 가치가 있다. 어찌 보면 오르트만의 가르침은 스토아(Stoa) 철학자들의 다음과 같은 말을 떠올리게 한다.

최선을 다해 살되, 결과에 초연하라.

Work wholly heartly, but detach from it.

스토아 철학의 가르침이 잘 담겨 있는 말이다. 인생이란 연극 배우와 같다. 누구는 왕 배역을 맡았는데, 자기는 거지역할을 한다며 투정을 부려서는 안된다. 배우로서의 성공은 배역이 아니라, 자기가 얼마나 충실하게 연기를 했는지에 따라 갈릴 테니까.

그러나 오르트만은 스토아 철학자들보다 훨씬 따뜻하다. 그는 최선을 다해 아득바득 살라고 말하지 않는다. 실존철학자들처럼 "신 앞에 홀로 서서 매순간 심판을 받는 듯" 치열하게 살라며 윽박지르지도 않는다. 그냥 살아온 대로의 삶을 따뜻하게 받아들이라고 일러줄 뿐이다.

오르트만의 가르침은 「철학자와 일곱 곡의 모차르트 변주곡」에서 더 뚜렷하게 나타난다. 작품 속 철학자는 인생이 시시하다고 여긴다. 그래서 아무것도 하려 하지 않는다. 반면, 화가 친구는 삶의 순간순간을 즐긴다. 화가는 높은 울타리를 넘다가 바지가 찢어진다. 하지만 이 덕분에 그는 어린 소녀를 만날 수 있었다. 어린 소녀와 즐겁게 논 덕택에, 그는 소녀의 아름다운 언니와 사귈 수 있었다. 슬프게도, 언니는 가난한 화가를 떠나 부자

총각과 결혼했다. 슬픔에 빠진 화가는 자살을 결심한다. 죽으려고 간 곳에서 그는 거지가 켜는 '일곱 곡의 모차르트 변주곡'을 듣는다. 그러곤 발길을 돌린다.

철학자는 화가를 한심하게 쳐다본다. 그래서 어쨌다는 말인가? 이 물음에 화가는 철학자의 가슴을 찌르는 가르침을 돌려준다. 철학자는 문득 깨닫는다.

"그렇지, 살아 있지."

살아 있는 한, 삶은 계속된다. 지금의 선택은 인생의 다음 순간을 만들어낸다. 울타리를 넘지 않았다면 소녀를 만날 일도, 연애도, 실연도, 자살 결심도 없었을 테다. 인생이 꼭 이렇게 흘러가야 했을까? 정답은 없다. 어떤 선택을 했건, 일어난 일을 통해 나는 충분히 나의 인생을 얻었다. 인생을 가치있게 만드는 것은 목표 자체가 아니다. 인생을 소중하게 만드는 것은 삶의 순간순간이다.

5

마흔한살, 나는 아직도 그리스로 떠나지 못하고 있다. 유학을 준비하던 스물일곱살, 나는 생계를 택했다. 3년만 돈을 모으고, 그때 유학을 떠나도 늦지 않을 것 같았다. 하지만 나에게도 사랑은 찾아왔고 이를 책임져야 했다. 아이도 생겼다. 때마침 IMF가 터졌고, 나는 '절절하게' 가장(家長) 역할을 맡아야 했다. 이윽고 둘째 아이가 태어났다.

더이상 나는 누구에게도 유학 이야기를 꺼내지 않는다. 그럼에도 손때 묻은 그리스어 사전과 플라톤 전집을 책장에서 치우지 못하고 있다. 나에게 '곰스크'는 그리스였다. 그곳에서 나는 고전문헌학자로서의 삶을 살 것이었다. 하지만 나는 이제 꿈과 아주 먼 삶을 살고 있다. 마찬가지로, 누구에게나 자신의 곰스크가 있으리라. 그리고 대부분은 곰스크에 다다르지 못할 테다. 그러면서 꿈을 이루지 못하게 한 누군가를 탓하고 있을지 모른다.

십수년 만에 「곰스크로 가는 기차」를 다시 읽으며, 나는 스물네살 나에게 물었다.

"너는 지금 내 삶이 실패했다고 생각하니?"

가슴 한구석에서 고통이 밀려든다. 스물네살 나에게 나는 다시 묻는다.

"너는 왜 그리스로 가고 싶니?"

침묵. 마땅한 대답이 돌아오지 않는다. 나는 그때 그냥 그리스를 꿈꿨을 뿐이다. 꿈은 막연할수록 더 절절하다. 막막해야 내 삶에 대한 모든 기대를 담을 수 있지 않던가.

먹먹해진 나를 오르트만은 다시 다독여준다. "그대가 원한 것이 그대의 운명이고, 그대의 운명은 그대가 원한 것이랍니다." 나는 크게 고개를 끄덕인다. 지금의 나의 삶은 결국 내가 원한 것이었다. 또한, 나쁘지 않은 삶이기도 했다. 무엇보다 우리의 인생은 아직 끝나지 않았다.

스무살의 골방에서 세상으로

안병률

스무살 무렵 나는 골방에 틀어박혀 있었다. 그곳은 내가 다니던 대학의 캠퍼스 맨 위쪽 언덕에 자리잡은 낡은 건물 3층의 골방으로, 이른바 문학회의 동아리방이었다. 문을 닫고 골방에 앉아 있으면 딱딱하고 칙칙한 복도에서 학생들의 떠드는 소리며 발걸음 소리를 들을 수 있었는데, 복도에서 동아리방으로 다가오는 발소리만 듣고도 대충 누구인지 짐작할 정도로 나는 그 골방생활에 중독돼 있었다.

그런데 그중 좀 튀는 발걸음 소리가 하나 있었다. 그것은 뭐랄까 유독 또렷하게 또각또각거리는 구두소리였다. 그 소리는 우리를 긴장시켰다. 구두소리의 주인공이었던 선배가 무서워서

가 아니라, 이제 막 입시를 뚫고나온 단순한 머리로는 이해하기 어려운 철학적이고 문학적인 이야기들을 그 선배가 전해주곤 했기 때문이다.

내 기억이 맞다면, 「곰스크로 가는 기차」라는 소설 역시 그 구두소리와 함께 우리에게 던져진 과제였을 것이다. 이 소설이 언제부터 교내에 퍼지게 되었는지는 잘 모르겠다. 다만 독일어를 공부하던 선배가 번역한 것이* 복사본으로 돌아다니다 우리에게 전달된 것만은 확실했다. 아무튼 이 소설의 여파는 잔잔하면서도 긴 것이었다. 우리는 머리통을 맞대고 제법 진지한 토론에 몰입했다. 곰스크는 과연 무엇일까? 개인의 이루지 못한 작은 꿈일까 아니면 좀더 원대한 이상일까? 현실 때문에 꿈을 포기한 주인공의 선택은 과연 옳은 것일까? 무엇보다 나 자신의 곰스크는 무엇일까, 나에게 곰스크가 있기나 한 것일까, 있다면 언제 어떻게 나는 그곳에 갈 수 있을까? 이런 질문들은 결국 뒤풀이자리까지 이어졌고 우리의 불안한 미래와 암울한 현실에 대한 모호한 탄식으로 마무리되곤 했다.

그후로도 20여년의 세월이 흘렀지만 곰스크의 여파가 완전히 사라진 것은 아니다. 정말 위대한 시인 아니면 소설가가 될 줄

---

*내가 지금 가지고 있는 그때의 사본은 조수현이라는 분의 번역본이다.

알았던 우리들은 하나같이 그럭저럭 먹고사는 샐러리맨이 되었다. 그러나 이따금씩 만나면 정말 거짓말처럼 또다시 곰스크를 이야기하고 우리의 못다 이룬 꿈과 그 대신 얻은 아내며 아이들에 대해 수다를 떨어대는 것이다. 이처럼 우리의 처지가 곰스크의 주인공과 점점 비슷해지는 것을 확인하는 일이란 그다지 유쾌할 수만은 없는 일이었다. 하지만 어느새 우리에겐 또다른 곰스크가 눈앞에 펼쳐졌고 결국 곰스크는 우리 앞에 놓인 미래를 상징하는 고유명사로 뿌리내렸다.

이렇듯 곰스크는 내 청춘을 가로지르는 커다란 문학적 사건이었다. 하지만 내가 이 소설을 번역하여 이렇게 출간하게 되리라고는 전혀 생각하지 못했다. 물론 편집자로 생활해오면서, 이리저리 출간할 방법을 찾아보지 않은 것은 아니지만 그때마다 좌절되었고 또 이미 한 방송국에서 이 소설이 각색되어 드라마로 소개된 터라 굳이 나서야 할 필요를 느끼지 못하고 있었다. 그러던 중 프리츠 오르트만의 또다른 소설 7편이 실린 소설집 『럼주차』(*Tee mit Rum*)가 있다는 사실을 알게 되었고, 어렵게 그 소설집을 구해 읽으면서 「곰스크로 가는 기차」(이하 「곰스크」)를 비롯한 이 작가의 소설을 번역해 묶어내도 되겠다는 희망을 품었다.

무엇보다 나는 『럼주차』에 실린 7편의 소설에서 「곰스크」하나만으로는 뭐라 규정하기 힘든 저자의 생각이 더 뚜렷이 드러난다는 느낌을 받았다. 「배는 북서쪽으로」는 서로 다른 목적지로 가는 사람들이 알 수 없는 이유로 한배에 탄다는 독특한 상상력을 바탕으로 씌어졌다. 더욱이 이들을 이끄는 여행가이드인 주인공조차 이 배의 목적지를 기억 속에서 상실함으로써 이 배는 마치 목적을 잃고 바다를 떠도는 유령선처럼 돼버리고 만다. 그러나 잘 읽어보면 이 유령선은 바로 우리가 사는 세계의 함축임을 알 수 있다. 주인공은 마침내 이 배의 선장에게 찾아가 도대체 배가 어디로 가는 것인지를 묻는다. 그러나 선장이라고 해서 그것을 선뜻 가르쳐주지는 않는다. 선장은 다만 자신에게는 정해진 항로가 있고 그것을 따를 뿐이라고 대답한다. 그러자 주인공은 "그것은 하늘의 별도 마찬가지"며 "돈도 그렇다"면서 그럼에도 사람들은 진정한 목적지를 원한다고 외친다.

주인공의 말처럼, 별(자연)이나 돈(자본주의)은 자기의 정해진 길을 갈 뿐이다. 그러나 사람에게는 다 저마다의 진정성이 있고 목적이 있다. 세상이 아무리 돈을 향해 나아가더라도 자유의지를 가진 인간이 세상이 강요하는 길을 따라갈 수는 없는 것이다. 아마도 저자는 목적 없이 떠도는 유령선이자 인간의 자유의지를 무시하고 파괴하며 질주하는 기관차 같은 이 세계와 그것에 맞서는 인간의 마음을 보여주고자 이런 작품들을 썼으리라.

　프리츠 오르트만(1925~1995)은 생전에 아주 적은 작품만을 발표한 작가이다. 역자가 인터넷과 독일 출판사 등을 통해 조사해본바, 저자가 발표한 단편은 이 작품집에 수록된 것이 거의 전부인 듯하다. 이처럼 발표한 작품 수가 워낙 적은 점 때문에 독일에서조차 저자에 대한 정보는 아주 부족한 편이다. 다만 작품과 관련해보자면, 저자가 북독일의 바닷가 지역인 프리슬란트 출신이라는 점이 「럼주차」 「그가 돌아왔다」 「배는 북서쪽으로」 같은 소설의 자연묘사에 잘 반영돼 있으며, 아버지가 교사였고 본인도 독일과 터키 등지에서 평생 교사로서 일했다는 점이 「곰스크」를 쓴 배경이 됐을 것이다.

　번역은 오르트만의 소설집 『럼주차』(1979)와 『우리 시대의 사랑』(1961)이라는 앤솔로지 작품집에 실린 「곰스크로 가는 기차」를 원본으로 삼았다. 「곰스크로 가는 기차」 외의 7편의 소설은 모두 『럼주차』에 실린 작품이다.

　이 자리를 빌려 『럼주차』를 출간한 독일 후줌(Husum) 출판사와 계약할 수 있도록 애써주신 조경수 선배에게 감사를 전한다. 후줌을 통해 저자의 미망인과 연락을 취해봤지만 최근까지도 소식을 전해받지는 못했다. 당사자들의 상황을 모르는 상태에서 언제까지나 기다릴 수만은 없어서 후줌 출판사의 양해를 구해 『럼주차』 7편에 「곰스크로 가는 기차」를 더해 이 작품집을 세상에 내놓는다.

역자 나름으로는 최대한 원본의 의미를 훼손하지 않으면서 우리말로도 잘 읽히게 번역하려 애썼지만 여러모로 역부족이었다. 이만큼이라도 잘 읽히는 우리말로 재탄생하는 데는 소설가 김조을해—내가 카프카보다 더 좋아하는—의 도움이 컸다. 또한 이십년 전 함께 골방에 머물며 인생과 문학을 이야기하던 '동지'들에게도 고마움을 전한다. 구두소리와 함께 이 작품을 소개해준 선배처럼, 나도 우리 아이에게 다가가 이 책을 전해줄 날이 있을 것이다. 그날이 몹시 기다려져, 지금은 설렐 뿐이다.

곰스크로 가는 기차

초판 1쇄 발행 2010년 12월 20일
개정판 1쇄 발행 2018년 11월 20일
개정판 3쇄 발행 2024년 5월 25일

지은이 프리츠 오르트만
옮긴이 안병률
펴낸이 안병률
펴낸곳 북인더갭
등록 제396-2010-000040호
주소 10364 경기도 고양시 일산동구 고봉로 20-32, B동 617호
전화 031-901-8268
팩스 031-901-8280
홈페이지 www.bookinthegap.com
이메일 mokdong70@hanmail.net

ⓒ 북인더갭 2010
ISBN 978-11-85359-30-4 03850